Rolf Gebbert

Gramstein

AF236640

Rolf Gebbert

Gramstein

Ein fränkischer Schauerroman

Bibliografische Information der Deutschen
Nationalbibliothek:
Die Deutsche Nationalbibliothek verzeichnet diese
Publikation in der Deutschen Nationalbibliografie;
detaillierte bibliografische Daten sind im Internet über
http://dnb.dnb.de abrufbar.

Herstellung und Verlag: BoD – Books on Demand,
Norderstedt

Umschlagbild mit nightcafe.studio generiert

ISBN: 978-3-7534-8076-3

Die Handlung spielt in den 1980er Jahren in einem fiktiven fränkischen Dorf.

PROLOG

Blitze zuckten durch die Novembernacht, verzweigten sich über den hohen Baumwipfeln des Waldes und erhellten jeweils für die Dauer eines Augenblicks die kleine Lichtung zwischen den dunklen Bäumen. Der Sturm rüttelte an den Ästen und Zweigen der mächtigen Tannen, die wie schwarze Wächter den freien Platz umstanden. Jedem Blitz folgte das gewaltige, ohrenbetäubende Krachen des Donners. Regen prasselte vom nachtschwarzen Himmel und die Äste rauschten im Wind.

Inmitten der von Farnen und Schachtelhalm bewachsenen Lichtung trotzte eine uralte, knorrige Eiche dem Unwetter. Der Sturm fegte die letzten braunen Blätter des Herbstes von den Zweigen und die nackten Äste winkten wie riesige, verwachsene Arme und Hände in die kalte Nacht. Die Maserung der Rinde und die warzenähnlichen Auswüchse am Stamm erschienen im flackernden Aufleuchten der Blitze wie ein Gesicht. Fast konnte man glauben, ein Wesen aus uralten Zeiten stünde auf der kleinen Lichtung und vollführte einen unheimlichen Tanz zu Ehren des Donnergottes.

Allmählich ließ das Unwetter nach, der Wind wurde schwächer und die Bewegungen der Äste sanfter, so als wollten sie den Tanz ausklingen lassen. Der Regen fiel nur noch nieselnd.

Doch die Kräfte der Natur hatten sich noch nicht beruhigt. Ein letzter, gewaltiger Blitz fuhr vom Himmel, schlug mit der Lautstärke einer Explosion in die alte Steineiche und spaltete sie genau in der Mitte. Mit einem gequälten Ächzen sanken die beiden Hälften zur Seite, als hätte der Blitz einen riesigen Keil zwischen sie getrieben. Es klang wie das Knarren der Angeln einer schweren Kellertür, die seit Jahrhunderten nicht mehr geöffnet worden war.

Die dunklen Gewitterwolken machten einem käsigen Vollmond Platz, der die Szenerie in ein fahles Licht tauchte. Dünne Rauchfahnen stiegen von der zerstörten Eiche auf und vermischten sich mit dem Nebeldampf, der sich über dem feuchten Boden gebildet hatte. Die Wucht des Blitzes hatte den Baum bis zu den Wurzeln geteilt. Die umgestürzten Hälften hatten die Erde zwischen ihnen aufgerissen, eine metertiefe Grube war dort entstanden. Auf dem Boden der Grube lagen Holztrümmer, aber sie waren glatt und anscheinend bearbeitet worden.

Inmitten dieser Bretter kauerte eine Gestalt.

Es war eine alte, gebückte Frau, die reglos in den Überresten einer Holzkiste hockte. Anfangs konnte man glauben, man hätte eine lebensgroße, holzgeschnitzte Statue vor sich. Die Arme waren schützend über den gesenkten Kopf gelegt, man konnte das Gesicht nicht sehen. Die grauen, dünnen Haare wurden von einem Reif aus Bronze zusammengehalten, in dessen Vorderseite, genau über der Mitte der Stirn, ein schwarzer Edelstein eingearbeitet war. Als das Mondlicht auf den Opal fiel, glühte in seinem Innern ein Licht wie eine Flamme auf. In dem Stein schien etwas zum Leben zu erwachen.

Plötzlich ging ein Zucken durch den scheinbar leblosen Körper. Der Kopf ruckte fast unmerklich nach rechts, dann nach links. Aus der abgehackten Bewegung wurde allmählich ein geschmeidiges Wiegen, langsam streckte sich der gebückte Oberkörper, der Kopf erhob sich und man konnte in das Gesicht einer steinalten Frau blicken. Eine lange, spitze Nase, die wie der Schnabel eines Raubvogels bis über die dünnen, zusammengekniffenen Lippen reichte, beherrschte das Gesicht. Runzlige Falten, die steil von oben nach unten in die Haut einschnitten, verstärkten den bösartigen Eindruck. Als die Gestalt die Lider hob, reflektierten die Pupillen das Mondlicht – wie die Augen eines Nachtgetiers, die grünlich leuchten. Sie huschten blitzschnell hin und her und erfassten ihre Umgebung; dann blitzte Freude in ihnen auf.

Mühsam erhob sich die Gestalt – sie hatte anscheinend nur wenig Kraft; so dauerte es einige Zeit, bis sie gebückt und leicht zitternd vor Schwäche zwischen den Baumhälften stand. Um ihren hageren Leib schlotterte ein schwarzes Kleid aus festem Stoff, das über der knochigen Hüfte durch einen Gürtel zusammengehalten wurde. Die Gürtelschnalle bildeten zwei Schlangenköpfe, die sich ineinander verbissen hatten. Um den mageren Hühnerhals trug die Gestalt an einem Lederband ein Amulett, aus Speckstein geschnitten.

Der Mund verzog sich zu einem hässlichen Lächeln. Doch der gebrechliche Körper wankte und schwankte, und es schien, als würde er gleich wieder zusammenfallen und das soeben neu gewonnene Leben wieder verlieren.

Doch die Alte sammelte ihre Kräfte, löste die Hände vom Kopf und hob mit sichtlicher Anstrengung die Arme nach oben. Die Handflächen zeigten auf den milchig weißen Vollmond, während die schwarzen Augen zum Himmel starrten. Dabei bewegte die Gestalt die dünnen, blutleeren Lippen und wisperte kaum hörbare Laute, die allmählich zu einem geheimnisvollen Singsang anschwollen. Die Alte begann sich im Mondschein zu wiegen, erst zaghaft, zittrig, dann geschmeidiger, der Körper straffte sich und – begann sich sichtbar zu verändern!

Der Gesang wurde lauter, die Stimme fester, die runzlige Haut des hässlichen Gesichts glättete sich, die Nase schrumpfte, die dünnen Lippen wurden voller. Und die Veränderung beschränkte sich nicht nur auf die Gesichtszüge. Der Körper richtete sich auf, schien zu wachsen; unter dem schwarzen Kleid wurden frauliche Rundungen erkennbar, die immer vollkommener wurden, je länger die Gestaltwandlerin singend im Licht des Vollmonds tanzte. Die Verwandlung nahm nur wenige Minuten in Anspruch: Dann stand anstelle der alten Frau ein Mädchen von geheimnisvoller Schönheit auf der Lichtung. Es sah nicht älter als zwanzig Jahre aus.

Nur die Augen hatten sich nicht verändert. Unter den langen, schwarzen Wimpern blitzten nach wie vor dunkle Pupillen, die Hass und Bösartigkeit ausstrahlten.

Mit einem Ruck streckte sich der Körper und aus dem Mund drang ein Schrei des Triumphs in die Nacht. »Die Schwarze Uhsa ist wieder erwacht! Niemals wird sie sterben!«

1. KAPITEL

Unten im Tal trotzten die wenigen Häuser von Gramstein dem Gewitter. Man war in dem Dorf schwere Unwetter gewohnt, die sich aber vor allem in den bewaldeten Höhen austobten, die den Ort umgaben.

Jetzt bewegten sich zwei Scheinwerferlichter auf den Ort zu. Noch befanden sie sich auf der Waldstraße. Das Fahrzeug kam nur langsam voran, denn der Regen stürzte wie eine Wasserwand vom Himmel.

Kurz darauf hielt das Auto, es war ein Taxi, auf dem kleinen Dorfplatz vor dem Gasthaus. Über der Tür des Gebäudes hing ein großes, schmiedeeisernes Schild, das drei Raben in einem Kreis darstellte. Ein etwa dreißigjähriger, blonder Mann stieg aus dem Wagen. Der Taxifahrer beeilte sich, dem Mann beim Ausladen seiner großen, blauen Sporttasche zu helfen. In diesem Augenblick ertönte von der Anhöhe ein gewaltiges Krachen. Dort hatte ein Blitz eingeschlagen. Gleichzeitig hörte mit dem verhallenden Donner auch der Regen auf.

Das Taxi machte sich wieder auf den Rückweg und das tuckernde Brummen des Dieselmotors verklang. Als die gelbe Dachbeleuchtung hinter der nächsten Kurve in einem Nebelschleier verschwunden war, stand der späte Ankömmling allein da. Tief atmete er die nasskalte, aber wohltuende Nachtluft ein.

Er blickte sich im Schein der Straßenlaternen um. Auch hier zwischen den Häusern hatte sich der dichte Novembernebel niedergelassen. Aus dem Wanderführer, den er schon während der Fahrt studiert hatte, wusste er, dass Gramstein ein ziemlich altes Dorf war, das auf natürliche Art gewachsen war. Es war keines dieser Straßendörfer, die an den großen Verbindungsstraßen lagen, und oft unkontrolliert wucherten.

Hier schien die Welt noch in Ordnung zu sein. Den gepflasterten Dorfplatz säumten mehrere Gebäude – ein kleiner Gemischtwarenladen, Fachwerkhäuser und die Kirche, die alle anderen Häuser überragte. In der Mitte des Dorfplatzes plätscherte Wasser in einen steinernen Brunnen. Aus einigen Fenstern drang noch Licht nach draußen, aber die Bewohner schienen im Allgemeinen früh schlafen zu gehen, wie es auf dem Land üblich war.

Der Mann wandte den Blick zum Gasthof *Drei Raben*; eine historische Gaststätte, wie der Hinweis auf dem Wirtshausschild verriet. Den Eingang bildete eine schwere, aus massivem Holz gearbeitete Tür.

Die Gaststube war einfach, aber gemütlich ausgestattet. An den Wänden zogen sich Holzbänke entlang, auf denen buntgemusterte Sitzkissen verteilt waren. Vor den Bänken waren die Tische und Stühle angeordnet.

Die Gaststätte war zu dieser späten Stunde nur spärlich besucht. Drei Augenpaare blickten dem Ankömmling neugierig und etwas überrascht entgegen, als er den Raum betrat. Vorne, gleich neben der Tür, saßen zwei Männer an einem Tisch, der durch ein Schild, das in der Mitte aufgestellt war, als Stammtisch ausgezeichnet war. Die beiden – allem Anschein nach Einwohner von Gramstein – schienen in ein Gespräch vertieft gewesen zu sein, das sie aber beim Eintreten des Fremden beendeten.

Etwas entfernt von den beiden saß ein weiterer Besucher, der sich schon durch seine Kleidung von den anderen unterschied. Er trug einen hellen Anzug und eine bunte, ziemlich geschmacklose Krawatte.

Der eine der beiden Männer, die am vorderen Tisch saßen, erhob sich gemächlich. Sein Gesicht, das die typische kräftige Farbe der Landbewohner hatte, strahlte Gemütlichkeit aus; aber auch unverhohlene Neugier und etwas Spitzbübisches waren darin zu erkennen. Um den strammen Bauch spannte sich eine dunkelbraune Lederschürze.

Das musste der Wirt sein! Er betrachtete zunächst den jungen Mann mit der blauen Sporttasche von oben bis unten. Anscheinend hatte er kein Bedürfnis, das Gespräch zu beginnen. Er kniff lediglich das linke Auge misstrauisch zusammen und als er den goldenen Ring im rechten Ohrläppchen des Ankömmlings sah, pfiff er lautlos.

»Guten Abend«, sagte der späte Gast munter, ohne auf die neugierigen Blicke zu achten. »Ich habe hier ein Zimmer vorbestellt. Für eine Woche«, fügte er hinzu, als keine Reaktion erfolgte. Der Wirt betrachtete die braune Lederjacke, die der Mann trug. Dann öffnete er das erste Mal den Mund.

»Ah, Sie sind bestimmt der Herr Ringer«, sagte er mit unbeweglichem Gesicht, das aber nicht mehr ganz so abweisend war. »Sie ham angruf'n, stimmt's?« Sein fränkischer Slang war nicht zu überhören. Er musterte jetzt die Hose des Fremden, eine Jeans, die schon etwas abgewetzt war, und mal wieder eine Wäsche vertragen konnte.

»Richtig«, antwortete der junge Mann freundlich und etwas belustigt. »Ich bin Marco Ringer. Sie sind bestimmt der Besitzer, mit dem ich am Telefon gesprochen habe – Herr Baptist Rabe, nehme ich an!«

»Ich hab' denkt, Sie sind Wissenschaftler«, sagte Rabe, ohne auf Marco einzugehen. Sein Blick war nun bei Marcos Turnschuhen gelandet.

»Da haben Sie richtig gedacht! Historiker!« Marco strahlte den Wirt an. Dann zeigte er auf die Treppe, die in das nächste Stockwerk führte. »Mein Zimmer ist wohl oben?«

»Äh, ja.« Der Wirt starrte immer noch auf Marcos Schuhe. Dann wurden seine Bewegungen geschäftig. Seine Miene wurde freundlicher. Marco schien seine Prüfung für Fremde, die spät abends noch auftauchten, bestanden zu haben. »Momentla, ich hol' bloß noch schnell die Schlüssel.«

Er verschwand hinter dem Tresen, kramte in einer Schublade und winkte dann Marco. »Kommen'S mit.«

*

Nachdem Marco sein Gepäck noch oben gebracht hatte, ging er wieder in die Gaststube hinunter, um ein spätes Abendessen zu sich zu nehmen. Die Brotzeit war reichlich und Marco hatte Mühe, alles aufzuessen.

Er hatte sich alleine an einen Tisch gesetzt. Am Nebentisch trank der auffällig gekleidete Mann von seinem Bier. Vermutlich war es nicht sein erstes, denn sein aufgedunsenes Gesicht hatte schon eine rötliche Farbe angenommen. Die wenigen dünnen, dunklen Haare klebten am Kopf. Anscheinend verwendete der Mann Haarcreme, um eine Halbglatze zu kaschieren. Er fixierte Marco aus trüben, wässrigen Augen, die fast zwischen den dicken Lidern verschwanden.

»Was war das gleich noch mal, was sie studieren?«, fragte er dann Marco mit einer lauten, unangenehmen Stimme. Er versuchte dabei einen unbedarften Eindruck zu erwecken, aber seine kleinen Augen blitzten für einen kurzen Augenblick auf. Marco hatte bei seiner Ankunft bemerkt, dass der Mann dem Gespräch zwischen ihm und dem Wirt aufmerksam gelauscht hatte. Daher musste der Mann wissen, dass Marco kein Student mehr war, und versuchte ihn aufzuziehen.

Marco tat so, als hätte er den Spott in der Stimme des anderen nicht bemerkt.

»Ich studiere nicht mehr«, entgegnete er und sah den Mann unverwandt an. »Ich habe vor über einem Jahr meinen Abschluss als Magister gemacht.« Der andere hatte unter Marcos scharfem Blick die Augen gesenkt.

»Oh, da muss ich mich wohl entschuldigen«, sagte er dann mit einer übertriebenen Geste. »Ich wusste nicht, dass unsere Akademiker neuerdings direkt aus dem Kindergarten kommen.«

»Jetzt machen'S mal halblang, Henning«, mischte sich der Gast vom anderen Tisch ein. »Wieso beleidigen Sie den Mann?« Der andere Gast war ländlich, aber keineswegs nachlässig gekleidet. Marco schätzte ihn auf etwa sechzig Jahre. Die energische Stimme und das gesunde Aussehen des Mannes zeugten von Tatkraft und Selbstbewusstsein.

»Ich beleidige niemanden, Brenner«, antwortete Henning gereizt und trank mit lautem Schlucken von seinem Bier. Dabei rann ihm etwas Flüssigkeit aus den Mundwinkeln. Er wischte sich über die Lippen und gab sich keine große Mühe, ein Rülpsen zu unterdrücken. »Ich habe nur meine Meinung gesagt, und das ist ja wohl noch erlaubt, Herr Oberförster.«

»Des langt jetzt, Henning!« Der Wirt baute seine kräftige Gestalt vor dem Mann auf. »Entweder Sie lassen mei' Gäst' in Ruh' oder Sie geh'n naus. Ich will kan Streit bei mir! Des wissen Sie ganz genau!«

Henning duckte sich ein wenig, anscheinend hatte er Respekt vor dem Wirt. Er brummte noch: »Ist doch wahr ...«, und widmete sich mit mürrischem Gesicht wieder seinem Bier. Kurz darauf stand er auf und ging durch die Tür zu den Toiletten.

»Tut mir leid«, sagte der Wirt zu Marco, als Henning verschwunden war. »Wenn der einen übern Durst getrunken hat, is' er unausstehlich. Er wohnt a im Gasthof. Ich hab' Ihnen aber des Zimmer im andern Flur 'geben. Er is' nachts manchmal aweng laut«, er warf einen kurzen Blick zur Tür, hinter der Henning verschwunden war, und wo man jetzt das gedämpfte Rauschen einer Toilettenspülung hören konnte. »Tagsüber is' er aber unterwegs und verkauft seine Versicherungen.«

In diesem Augenblick betrat Henning wieder leicht schwankend den Raum, warf giftige Blicke um sich und ließ sich mit einem lauten Ächzen auf seinen Stuhl sinken.

Jetzt mischte sich der ältere Mann wieder ein, anscheinend wollte er das Thema wechseln. »Wie lange wollen sie denn bei uns im Dorf bleiben? ,, fragte er Marco und lächelte ihm freundlich zu. »Und – wenn ich so neugierig sein darf – worin besteht denn eigentlich ihre wissenschaftliche Tätigkeit? Gibt es denn hier bei uns irgendetwas zu erforschen?«

»Zahlen«, brüllte Henning, bevor Marco antworten konnte, und knallte eine dicke Lederbörse auf den Tisch. »Und bringen Sie mir noch ein Kirschwasser, Rabe!« Er schnaufte laut und starrte Marco feindselig an. »Und für den Grünschnabel auch eins. Ich lass mir nicht nachsagen, dass ich die Gäste vergraule.«

»Nicht nötig«, lehnte Marco ab. »Ich mache mir nichts aus Schnaps.«

»Auch gut«, brummte Henning. »Ist sowieso nichts für kleine Kinder.« Der Wirt beeilte sich, Henning das Gewünschte zu bringen und sagte: »Die Getränke setzen wir mit auf die Rechnung.«

»Dann kann ich ja wohl gehen.« Henning schüttete sich den Schnaps in einem Zug in den Hals und gab ein krächzendes Geräusch von sich. »War mir eine Ehre, meine Herren!« Er stemmte sich von seinem Stuhl hoch und schwankte zur Tür. »Wir sehen uns«, setzte er mit einem Blick auf Marco aus seinen wässrigen Augen hinzu. Die Eingangstür schlug mit einem lauten Knall zu, dann war Henning verschwunden.

Eine Weile herrschte erleichtertes Schweigen in der Gaststube.

»Ich werde dann wohl auch ...«, sagte Marco und erhob sich.

»Nicht doch«, sagte der andere Gast und nickte Marco freundlich zu. »Setzen Sie sich doch noch zu uns und erzählen uns etwas über ihre Arbeit hier in der Gegend. Wir sind nämlich alle sehr neugierig.«

»Gerne!« Marco ging zum anderen Tisch hinüber.

»Mein Name ist übrigens Bernd Brenner«, stellte sich der Mann mit den grauen Haaren und dem Schnauzbart vor. »Ich bin der hiesige Förster. Schon«, er überlegte kurz, »seit fast fünfunddreißig Jahren. Ich war auch ziemlich jung, als ich hier anfing und kann mir vorstellen, wie's Ihnen bei solchen Angriffen wie eben geht. Ich hoffe, es macht Ihnen nichts aus, uns etwas über Ihre Arbeit zu erzählen. Ah, der Wein ist da!«

Baptist Rabe kam mit einer Flasche Wein und drei Gläsern an den Tisch.

Rabe füllte die Gläser, die drei Männer stießen an, tranken und Marco begann: »Wie sie ja schon gehört haben, beschäftige ich mich mit Geschichte. Und zwar speziell mit der vorchristlichen und heidnischen Geschichte in Europa. Dazu besuche ich frühere Kultstätten und ehemalige heilige Plätze und versuche etwas über ihre Geschichte zu erfahren.«

»Lassen Sie mich raten«, warf der alte Förster ein und kniff die Augen zusammen. »Sie wollen unsere Opferhöhle besuchen.« Sein Gesicht verfinsterte sich. »Ich weiß nicht, ob das so eine gute Idee ist.«

»Ich dachte mir, dass sie die Höhle kennen«, sagte Marco. »Aber warum die Bedenken?«

»Ich bin schon ziemlich lange hier«, sagte Brenner und strich nachdenklich seinen Bart glatt. »Kenne so gut wie jeden Winkel im Wald. Die Finstermail – so heißt das Waldstück, in dem die Höhle liegt – ist ein seltsamer Ort. Es sind dort viele seltsame Dinge passiert. Wenn ich ehrlich bin, die Gegend ist mir etwas unheimlich. Der Wald ist völlig verwachsen, man kommt kaum durch. Als man dort vor Jahren ein paar Bäume fällen wollte, hat sich ein Waldarbeiter glatt den Fuß abgesägt. Die Motorsäge ist abgerutscht. Er ist fast verblutet, bevor man ihn ins Krankenhaus bringen konnte. War ja kein Durchkommen in dem Gestrüpp, das dort oben wächst.« Er nippte nachdenklich von seinem Glas. »Seitdem wollte keiner mehr dort arbeiten. Habe auch keinen mehr hingeschickt, der Arbeiter hat es überlebt, aber seitdem läuft er mit einem Holzfuß herum, so einer Prothese, sie wissen schon.« Marco hörte mit ernster Miene zu und nickte nachdenklich. Es war gar nicht selten, dass in der näheren Umgebung von ehemaligen Kultstätten geheimnisvolle Dinge oder Unfälle passierten.

Jetzt wurde der Förster unterbrochen, weil die Tür zum Gasthof laut zufiel. Kurz darauf wurde ein Automotor angelassen. Brenner sah den Wirt fragend an. Der zuckte mit den Achseln. »Henning«, sagte er nur.

Brenner erzählte weiter: »Dann der junge Gerolf! Dass er etwas schwermütig war, wussten wir alle. Eines Tages war er verschwunden. Nach zwei Wochen fand man ihn, sie können sich sicher denken, wo.«

»In der Opferhöhle?«, vermutete Marco.

»Nicht ganz«, antwortete Brenner. »Aber in der Nähe der Höhle, keine fünfzig Meter entfernt, ist eine kleine Lichtung. Seltsam, dass sie nie zugewachsen ist. Na ja, jedenfalls steht in der Mitte dieser Lichtung eine jahrhundertealte Eiche. Und dort fand man Gerolf, er hatte sich mit seinem Gürtel an einem der Äste aufgehängt. Ich will ihnen bestimmt keine Angst einjagen, aber meine Meinung ist, dass dieser Ort Unglücksfälle anzieht; ich denke, er ist …« Brenner überlegte und trank noch einen Schluck. »… gefährlich!«

»Ich tät' eher sagen: verflucht«, brummte der Wirt, der bis jetzt schweigend zugehört hatte und nur immer wieder zustimmend genickt hatte, als Brenner seine Geschichte erzählte.

Der Förster wiegte nachdenklich den Kopf. »Das hört sich sehr nach Aberglauben an. Aber Tatsache ist, dass da oben schon ungewöhnlich viele Unfälle passiert sind. Es gibt noch mehr solche Geschichten, aber ich will ja nicht, dass Sie gleich wieder abreisen.«

»Keine Sorge«, sagte Marco. »Genau wegen dieser Geschichten bin ich ja hier. Meine Aufgabe ist es, vielleicht die Ursachen für diese Unfälle zu finden.«

»Ursachen?« Rabe sah ihn mit großen Augen an. »Sie mahna, Sie könnten da was finden?«

»Wenn die Vorfälle wirklich etwas mit der Opferhöhle oder dem Gebiet um die Höhle zu tun hatten, werde ich versuchen, die Zusammenhänge zu ergründen«, sagte Marco und trank von seinem Glas.

»Ich bin ja wirklich kein Angsthase«, meldete sich Brenner zu Wort. »Aber wenn es einen gemeinsamen Hintergrund für diese Unglücke gibt, möchte ich lieber nichts damit zu tun haben.«

»Wissenschaftler suchen immer nach Zusammenhängen«, erklärte Marco. »Auch wenn es manchmal etwas ungemütlich werden könnte.«

Brenner sah Marco in die Augen. »Ich hoffe doch, dass Sie vorsichtig sind. Sie wollen sicher so bald wie möglich zur Drudnhöhle!«

»Das stimmt«, nickte Marco. »Gleich morgen früh mache ich mich auf den Weg.«

»Sie sollten vielleicht nicht allein dort hinaufgehen«, gab der Förster zu bedenken. Er warf einen Blick auf seine Armbanduhr. »Mein Gott«, rief er erschrocken aus. »Wie man sich doch verplaudern kann. Es ist schon nach zehn. Leider muss ich nach Hause. Tja, es hat mich sehr gefreut, Herr Ringer.« Er wollte zahlen, aber Rabe winkte ab. »Lass stecken, Bernd. Die Flasch'n geht auf mei' Rechnung.«

Brenner stand auf, wünschte Marco noch mal alles Gute und verließ den Gasthof.

2. KAPITEL

Henning taumelte und wäre fast über die Eingangsstufen gestolpert, als er die *Drei Raben* verließ. Er zerbiss einen Fluch zwischen den Zähnen, dann atmete er tief durch. Diese Hinterwäldler! Henning schalt sich einen Narren, dass er sich überhaupt an diesem Ort eingemietet hatte. Seit fast einem halben Jahr wohnte er nun schon in dieser Einöde. Das Einzige, was man hier nach Feierabend noch erleben konnte, war den Fliegen beim Umherschwirren zuzusehen und vielleicht ab und zu eine zu erschlagen.

Aber heute Abend würde er sich damit nicht zufriedengeben. Es war Vollmond – und wie an jedem Vollmond wollte er noch einen draufmachen; am besten mit ein paar flotten Miezen im Arm. Die Vorfreude ließ ein lüsternes Grinsen über Hennings Gesicht ziehen. Bis zur nächsten Stadt war es mit dem Auto nur eine halbe Stunde. Dort gab es ein nettes, kleines Rotlichtlokal, in dem einige Damen nur darauf warteten, ihm den Abend zu verschönern.

Sein Wagen stand nur wenige Meter vom Gasthof entfernt. Henning setzte sich schwerfällig in Bewegung. Als er den BMW erreicht hatte, stützte er sich schwer auf die Karosserie und kramte in seiner Hosentasche nach dem Autoschlüssel. Er machte sich nicht viel Gedanken darüber, dass er schon ziemlich angetrunken war. Im Gegenteil – mit ein wenig Alkohol im Blut machte ihm das Autofahren gleich noch mal soviel Spaß. Und er fuhr leidenschaftlich gern Auto.

Mit einiger Mühe gelang es ihm schließlich, die Fahrertür zu öffnen. Aufatmend ließ er sich in den luxuriösen Sitz sinken. Eine Weile blieb er nur sitzen und strich mit den Händen über das Lenkrad. Heute Abend würde er noch eine kleine Nachtfahrt machen! Die Kontrolllampen am Armaturenbrett verbreiteten ein beruhigendes Leuchten, als er den Zündschlüssel drehte und den Wagen anließ. Henning genoss einen Augenblick das kraftvolle Brummen des Sechszylindermotors, dann legte er den Gang ein und startete schwungvoll.

Er ahnte nicht, dass seine nächtliche Fahrt nur kurz dauern sollte.

Es war wohl besser, den Schleichweg durch den Wald zu nehmen. Er hatte zwar hier in der Gegend noch nie einen Polizisten gesehen, aber den Führerschein zu verlieren, war das Letzte, was er gebrauchen konnte. Er lenkte den Wagen durch die schmale Ortsdurchfahrt und bog dann links ab, wo eine Landstraße in den Wald führte. Besser gelaunt als noch vor ein paar Minuten, legte Henning den Wagen in die Kurve.

Hoppla, ganz schön glitschig, kommentierte er in Gedanken die Tatsache, dass das Heck des BMWs kurz nach rechts wegrutschte. Die Straße war durch den Regen und die herabgefallenen Blätter von einem gefährlichen Schmierfilm bedeckt. Henning reduzierte nur kurz den Druck aufs Gaspedal, dann steuerte er den Wagen wieder sicher auf die Straße.

Wenige Augenblicke später befand er sich mitten im Wald. Hohe Bäume säumten die Straße, es herrschte dichter Nebel und Henning musste wohl oder übel langsam fahren. Die Straße war übersät von abgebrochenen Zweigen, die vom Sturm auf die Fahrbahn geweht worden waren. Anscheinend hatte das Unwetter hier am stärksten getobt. Die gute Laune, die Henning zu Beginn der Fahrt gehabt hatte, sank.

Der Nebel war nun so dicht geworden, dass man kaum noch zehn Meter weit sehen konnte und Henning hatte Mühe sich zu konzentrieren – der Alkohol machte ihn träge. Immerhin hatte er bestimmt fast zwei Promille im Blut. Von flüssigem Fahren, wie es Henning so gern hatte, konnte unter diesen Umständen keine Rede mehr sein.

Plötzlich tauchte vor ihm im Nebel ein dicker Ast auf, der quer über der Fahrbahn lag. Instinktiv trat Henning auf die Bremse und riss das Steuer nach links, um vielleicht noch irgendwie an dem Hindernis vorbeizukommen. Aber die nassen Blätter hatten einen ähnlichen Effekt wie Glatteis und der BMW kam ins Rutschen. Ein hässliches Knirschen ertönte von unten, und Henning verzog das Gesicht zu einer Grimasse, als der Wagen im Graben landete.

»Mist! Hoffentlich ist die Ölwanne ganz geblieben«, fluchte er und öffnete die Fahrertür, um den Schaden besser einschätzen zu können. Das sah nicht gut aus! Der Wagen steckte in einem morastigen Graben. Die linken Reifen hingen in der Luft, die anderen sanken langsam tiefer in den Schlamm. Es würde schwierig werden, den Wagen herauszuschaukeln. Henning trat mit zusammengebissenen Zähnen das Gaspedal durch. Der Motor heulte auf, dicke Abgaswolken stiegen am Heck auf und das Vorderrad schleuderte Dreck nach hinten. Henning beugte sich wieder aus der Tür und sah nach unten. Das hatte nichts gebracht, außer dass das rechte Vorderrad noch tiefer im schlammigen Boden steckte und sich die Schräglage noch verstärkt hatte.

»Das geht wohl nur mit Abschleppen«, brummte er. Aber den Abschleppdienst konnte er erst morgen anrufen, wenn er wieder nüchtern war. Hiermit war seine Spritztour vorläufig beendet. Wahrscheinlich musste er auch noch die ganze Strecke zurücklaufen. Zum Glück war er wegen der schlechten Straßenverhältnisse nicht weit gekommen. Wenn er gleich loslief, würde er noch vor Mitternacht wieder im Dorf sein.

Er stieg aus dem Wagen, umrundete ihn und zuckte resigniert mit den Schultern. Dann öffnete er den Kofferraum und zog eine Flasche heraus, die eine klare Flüssigkeit enthielt. Er öffnete sie und nahm einen tiefen Zug.

»Wenigstens geht mir auf dem Heimweg nicht der Sprit aus«, tröstete er sich und steckte die Flasche in die Jackentasche. Sorgfältig verschloss er den Wagen und machte sich auf den Weg.

Ein kalter Novemberwind strich durch die Bäume und Henning fröstelte. Abgesehen von vereinzelten Dunstschwaden war die Nacht jetzt klar, der Vollmond leuchtete vom Himmel. Hier und da fielen noch Wassertropfen von den Ästen und trafen Henning auf Nacken und Schultern. Sie verursachten zusammen mit dem Rauschen der Blätter die einzigen Geräusche im Wald. Mit etwas wackligen Schritten ging Henning in der Mitte der Straße. Er fühlte sich unsicher, er war es nicht gewohnt, zu Fuß zu gehen. Schon bald begann er zu schnaufen und seine Atemzüge hallten unnatürlich laut durch den Wald.

Plötzlich durchbrach das laute, schnatternde Kreischen eines Nachtvogels die Stille. Henning zuckte zusammen. Er fror auf einmal stärker, aber nicht nur wegen der Kälte. Er blickte kurz nach rechts zum Wald, aus dem das Geräusch gekommen war. Die Bäume ragten dort ungewöhnlich dicht aus dem dicken Unterholz. Teilweise lagen umgestürzte Stämme am Boden oder lehnten aneinander.

Kurz glaubte Henning ein grünliches Aufleuchten wie von einem Augenpaar dort im Dickicht erkennen zu können. Die Angst durchzuckte ihn wie ein Stromschlag. Er wollte schleunigst raus aus dem Wald. Fast schon im Rennen zog er die Schnapsflasche aus der Jacke und trank mehrere große Schlucke. Sein Atem ging schwer und er bemerkte ein Stechen in den Rippen.

»Nur die Ruhe«, flüsterte er und erschrak plötzlich vor dem Klang seiner eigenen Stimme. Sie war heiser und viel zu laut. Henning kam sich vor, als wäre er weit, weit weg von zu Hause.

Doch der Schnaps begann sich wohltuend im Magen und in seinen Adern auszubreiten und dämpfte Hennings Angespanntheit. Er versuchte sich nun in einem schlendernden Gang, stellte sich vor, er wäre auf einem Spaziergang an einem sonnigen Sonntagnachmittag.

Aber fast unmerklich wurden seine Schritte wieder schneller, die Schultern wanderten nach oben und bald hastete er wieder durch die Dunkelheit, den Blick starr auf den Asphalt vor sich gerichtet. Der Anblick des Straßenbelags hatte eine beruhigende Wirkung auf ihn. Er war von Menschenhand angelegt und würde ihn sicher zurück in die Zivilisation führen. Es gibt überhaupt keinen Grund, sich zu fürchten, versuchte er sich einzureden.

Plötzlich stolperte er über eine Wurzel und erschrak. Er blieb entsetzt stehen. Da war kein Teer mehr unter seinen Füßen!

Er stand auf einem schmalen Waldweg. Wahrscheinlich war er, ohne es zu bemerken, in einer Kurve von der Straße gelaufen und einem kleinen Stück geteerten Wegs in den Wald gefolgt. Unsicher hob er den Kopf. Vor ihm lag ein schmaler Waldpfad, der mitten in den fast undurchdringlich scheinenden Wald führte.

Henning keuchte wie nach einem Hundertmetersprint. »Okay, alter Junge«, sagte er sich. »Keine Panik, du brauchst nur umzukehren, dem Weg zurück auf die Straße folgen und die Augen verdammt noch mal offenzuhalten. Du benimmst dich wirklich wie ein Erstklässler.« Er wandte sich um, mit erhobenem Kopf, um sicher zu sein, dass er nicht noch einmal vom Weg abkam.

Da sah er die Gestalt!

Fast hätte Henning geschrien. Doch er beherrschte sich, schluckte nur schwer, die Augen starr auf das Wesen gerichtet, das unbemerkt hinter ihm aufgetaucht war. War er verfolgt worden? Was wollte die Gestalt von ihm? Henning sammelte seinen ganzen Mut und blickte fest in die Richtung, in der der oder die Fremde immer noch unbeweglich im Mondschein stand.

Dann atmete er erleichtert durch. Das war ja nur eine junge Frau! Gut, sie war etwas seltsam gekleidet, ganz in Schwarz, mittelalterlich anmutender Stil. Wahrscheinlich ein Grufti, vermutete Henning. Was ihn beunruhigte, war der starre Ausdruck in ihren dunklen Augen – ein grünes Licht flackerte in ihnen. Das Mädchen trug einen

Metallreif um die Stirn, in dessen Mitte ein dunkler Edelstein zu glühen schien. Bekommt man auf jedem Jahrmarkt, beruhigte sich Henning. Es war nur ein Mädchen, ein harmloses Mädchen von vielleicht zwanzig Jahren.

Henning versuchte zu lächeln.

»Hallo«, krächzte er nervös. »Du hast mich ganz schön erschreckt, weißt du das?«

Das Mädchen öffnete die Lippen und sagte in einem fremdartigen Tonfall: »Sei gegrüßt, Wanderer in der Nacht!« Die Stimme war dunkel und schien einer viel älteren Frau zu gehören.

»Wanderer ist gut«, versuchte Henning zu scherzen. »Hab mich verlaufen, wie ein Anfänger. Aber sag mal! Was machst du denn hier? Ist das nicht ein bisschen spät für so ein junges Ding wie dich, allein im Wald?«

»Folge mir«, erklang die Stimme des Mädchens, das anscheinend keine Fragen beantworten wollte. Es fixierte ihn mit ihren dunklen Augen und kam näher. Henning fühlte, wie ein leichter Schwindel seinen Kopf erfüllte. Fast automatisch setzte er sich in Bewegung und ging hinter dem Mädchen her.

»Wo gehen wir hin?«, fragte Henning. Das Mädchen ging vor ihm und unter dem langen schwarzen Kleid konnte er die Bewegung der Hüften sehen.

»Zu meiner Behausung«, kam die geheimnisvolle Stimme von vorn.

Ein Hoffnungsschimmer blitzte in seinem Kopf auf. Wenn die Kleine wirklich hier in der Gegend wohnte und ihn so offensichtlich zu sich einlud, konnte das vielleicht doch noch ein unerwartet netter Abend werden.

Seine Hand wanderte zu der Flasche in seiner Jacke, aber er zog sie wieder zurück. Unbewusst ahnte er, dass dies kein amouröses Abenteuer werden würde, und irgendetwas in seinem Innern, vielleicht war es ein Rest von Nüchternheit, war sehr, sehr besorgt. Was er hier erlebte, war so ungewöhnlich, dass er eigentlich vor Angst hätte zittern müssen. Dieser kleine Rest von Vernunft riet ihm, sofort umzukehren und so schnell wie möglich davonzurennen, nur noch zu rennen, bis er weit weg war von diesem Wesen, das aussah wie ein junges Mädchen, ganz weit weg …

Aber diese Gedanken wurden vom Alkohol und dem sanften Wiegen der Hüften vor ihm völlig unterdrückt. Und noch etwas hinderte Henning daran, klar zu denken. Es waren die Augen, die in regelmäßigen Abständen über die schmalen Schultern des Mädchens blitzten, sich in seine Augen senkten und seinen Blick starr werden ließen. Jedes Mal spürte er dann dieses leichte Schwindelgefühl, das er aber dem Alkohol und der faszinierenden Ausstrahlung des Mädchens zuschrieb.

Seit geraumer Zeit hatte Henning nicht mehr auf die Umgebung geachtet und bemerkte nicht, dass er längst den Waldweg verlassen hatte und nun durch den dichten Wald lief, der ihm vor wenigen Minuten noch undurchdringlich erschienen war.

Schließlich folgte er dem Mädchen auf eine Lichtung, in deren Mitte die Reste einer uralten Eiche lagen; anscheinend war sie von einem Blitz gespalten worden!

»Wir sind bald am Ziel«, erklang die fremdartige Stimme, und grüne Augen fixierten ihn wieder.

»Schön«, flüsterte Henning, der inzwischen völlig abwesend war. Ein Nebel hatte sich über sein Bewusstsein gelegt – dichter als der Nebel, der im Wald herrschte. Henning wusste nicht, wie lange die

Nachtwanderung schon gedauert hatte, als die junge Frau vor einer Höhle stehenblieb und sich zu ihm umwandte.

»Geh hinein«, sagte die Stimme und die Augen schienen sein Bewusstsein aufzusaugen. Einen kurzen Moment flackerte Panik in Henning auf, er wusste einen kurzen, viel zu kurzen Augenblick lang, dass sein Schicksal besiegelt sein würde, wenn er der Aufforderung Folge leistete.

Doch dann schienen sich seine Beine wie von selbst in Bewegung zu setzen und er betrat die Höhle. Grüne Augen blitzten triumphierend auf, dann folgten sie dem Mann. Der stand wie eine Puppe unbeweglich in der Mitte des Höhlenraums, dessen Wände aufzuleuchten schienen, als das weibliche Wesen die Höhle betrat. Der Stein im Stirnreif warf ein fahles Licht. Sie war jetzt alterslos — ein uraltes Wesen, das schon seit Jahrhunderten existierte.

»Knie nieder, Wanderer in der Nacht«, erklang ihre Stimme. Automatisch sank Henning auf den Boden, den Blick starr auf die Stirn der Frau gerichtet.

»Ich bin die Schwarze Uhsa! Ich werde deine Hilfe benötigen! Willst du mir dienen?«

Stumm senkte Henning den Kopf. Uhsa ergriff das Lederband, an dem das Amulett um ihren Hals hing, und streifte es über den Kopf. Keilförmige Gravuren waren in den Steinanhänger eingeritzt und bildeten ein uraltes, vergessenes Zeichen. Uhsa hielt das Amulett hoch, starrte den Stein mit weit aufgerissenen Augen an und murmelte einige unverständliche, aber bedrohlich klingende Worte. Dann hängte sie Henning das Amulett um.

»Du bist jetzt mein Amulettträger«, hörte er die Schwarze Uhsa sagen, und ein seltsamer Schauer durchlief seinen Körper, als der Zauberstein seine Brust berührte. Für einen Augenblick glaubte er das Bewusstsein zu verlieren, doch dann fühlte er, wie sich ein Prickeln von seiner Brust aus in seinem Körper ausbreitete. Er war plötzlich hellwach. Das Kribbeln flaute ab und konzentrierte sich in seinen Haarwurzeln, die Wachheit aber blieb. »Ab jetzt wirst du mir gehorchen! So höre also, was dein Auftrag sein wird!« Henning lauschte den Worten, die in sein Gehirn eindrangen und sich dort untrennbar mit seinem Denken vermählten.

3. KAPITEL

Marco saß an dem kleinen Tisch in seinem Zimmer und versuchte die einleitenden Gedanken zu seinem Artikel über die Drudnhöhle auf Papier zu bringen. Aber er war zu angespannt, um zu schreiben. Die Erzählungen des Abends gingen ihm durch den Kopf. Was mochte dort oben in der Finstermail vor sich gehen?

Er würde vorsichtig sein müssen! Marco nahm die Erzählungen des Försters nicht auf die leichte Schulter. Sein Blick wanderte zu der altmodischen Wanduhr, die monoton tickend an der Wand hing. Schon kurz vor Mitternacht! Mit dem Schreiben würde es heute wohl nichts mehr werden. Er beschloss, noch eine kleine Runde über den Dorfplatz zu machen, um besser schlafen zu können. Marco kam mit sehr wenig Schlaf aus, und er nahm sich trotz der späten Stunde vor, morgen um acht Uhr seine kleine Expedition zu beginnen. Er schlüpfte in seine Wanderschuhe und verließ das Zimmer. Der Wirt hatte ihm auch einen Schlüssel für die hintere Eingangstür gegeben, sodass er nicht durch das ganze Haus laufen musste, um nach draußen zu kommen. Marco öffnete leise die Hintertür und trat ins Freie.

Die frische Nachtluft tat ihm gut. Der Himmel war inzwischen völlig klar und der Vollmond, der hoch am Himmel stand, beleuchtete die Umgebung. Eine schmale Gasse führte zum Dorfplatz. Das Dorf wirkte um diese Uhrzeit völlig verlassen. Die Bewohner schliefen wohl alle schon.

Gerade als Marco um die Ecke auf den Platz gehen wollte, hörte er plötzlich Schritte, die sich dem Gasthof näherten. Instinktiv blieb er im Schutz der Gasse stehen, um zu sehen, wer zu so später Stunde außer ihm noch wach und unterwegs war. Eine gedrungene Gestalt stapfte über den Platz und kam dicht an Marcos Versteck vorbei. Marco erkannte den Mann sofort – das war doch dieser Henning, der mit ihm im Gasthof wohnte und sich am Abend kräftig danebenbenommen hatte. Wahrscheinlich würde er gleich an Marco vorbeikommen, um das Gasthaus durch die Hintertür zu betreten. Doch Henning schlug eine andere Richtung ein. Er ging über den Platz weg vom Gasthaus und steuerte auf eine andere Seitenstraße zu, die vom Dorfplatz abging. Marco wurde neugierig. Er beschloss, Henning zu folgen, der immer wieder um sich blickte. Anscheinend wollte er so unauffällig wie möglich bleiben. Sein Gang erschien im Vergleich zum Abend völlig sicher und gerade. Er schwankte kein bisschen mehr. Marco schlich lautlos hinter ihm her.

Als Henning schließlich vor einem Fachwerkhäuschen mit Garten anhielt, blieb Marco in sicherer Entfernung stehen, um Henning unbemerkt beobachten zu können. Er schien irgendetwas vorzuhaben. Zunächst blickte er sich sichernd um, aber anscheinend rechnete er nicht damit, dass um diese Zeit noch jemand wach war. Dann versuchte er, die Tür zum Garten zu öffnen. Der Versuch war jedoch erfolglos. Aber Henning wollte auf jeden Fall in dieses Grundstück. Umständlich und unbeholfen machte er sich daran, über den Zaun zu klettern.

Marco beobachtete ihn. Hennings Verhalten kam ihm äußerst seltsam vor. Hatte der Mann vielleicht ein heimliches Liebesverhältnis mit einer Dorfbewohnerin? Das erschien Marco ausgeschlossen, denn sonst hätte er wohl die Türglocke benutzt oder sich anders bemerkbar gemacht. Wollte er etwa einbrechen? Auch das fand Marco sehr unwahrscheinlich. Das Haus war schon sehr alt und beherbergte bestimmt keine größeren Schätze. Außerdem machte Henning nicht den Eindruck eines gewöhnlichen Diebes. Marco nahm an, dass er bessere und vor allem legale Methoden kannte, um an das Geld anderer Leute zu gelangen.

Marco beschloss, der Sache auf den Grund zu gehen. Er löste sich aus dem Schatten, in dem er gestanden hatte, und trat auf die Straße. Er steuerte seine Schritte auf das Grundstück zu und gab sich keine Mühe, ungehört zu bleiben.

Henning war es inzwischen gelungen, den etwa eineinhalb Meter hohen Zaun zu überqueren, als er sich plötzlich erschrocken umdrehte. Er sah Marco, blickte sich schnell um, ob er sich vielleicht noch verbergen könne, aber Marco war schon zu nahe. So blieb er einfach stehen und blickte Marco entgegen. Seine Hand, die anscheinend einen kleinen Gegenstand umfasst hielt, steckte er schnell in die Jackentasche. Marco blieb vor der Gartentür stehen und sah den unsicher um sich blickenden Mann an. Er beschloss gleich aufs Ganze zu gehen, denn Henning war das schlechte Gewissen geradezu ins Gesicht geschrieben.

»Was tun Sie hier?«, wollte er wissen.

»Das geht Sie wohl einen feuchten Dreck an«, erwiderte Henning patzig, jedoch mit gesenkter Stimme.

»Ich denke schon, dass mich das etwas angeht«, antwortete Marco mit lauter Stimme. »Schließlich ist es nicht gerade alltäglich, dass jemand mitten in der Nacht in ein fremdes Grundstück eindringt – was Sie ja wohl offensichtlich getan haben.«

»Ich kann Ihnen alles erklären«, flüsterte Henning und blickte zum Haus; dort rührte sich jedoch nichts. »Ich wollte nur eine Bekannte besuchen. Frau Bauer, äh, Linda ist …« Er zögerte und suchte angestrengt nach den richtigen Worten. »Warten Sie! Ich komme noch draußen.« Er schickte sich an, wieder über die Tür zu steigen.

»Das werden Sie nicht«, antwortete Marco mit entschiedener Stimme und noch etwas lauter als vorher, wobei er sich so auf die Gartentür stützte, dass Henning keinen Ansatzpunkt hatte, um wieder über den Zaun das Grundstück verlassen zu können. »Sie werden schön stehenbleiben, ich werde jetzt klingeln, und dann werden wir ja wissen, was Ihre Bekannte zu ihrem Eindringen zu sagen hat.«

Henning wurde sichtlich nervös. »Nein«, zischte er, »tun Sie das nicht! Wahrscheinlich schläft sie schon, und sie ist sehr empfindlich, wenn sie im Schlaf gestört wird. Warten Sie, ich komme …« Henning war wie ohne Absicht einen Schritt näher getreten, und versuchte plötzlich Marco zu packen und mit einem Faustschlag von der Gartentür wegzustoßen. Doch Marcos Arm schnellte blitzschnell vor seine Brust und wehrte

Hennings Angriff ab, in der gleichen Bewegung packte er Hennings Unterarm, drehte ihn so, dass Henning gezwungen war, sich umzuwenden und nun mit dem Rücken zu Marco stand, der seinen Arm fest im Griff hatte. Henning gab einen unterdrückten Schmerzenslaut von sich.

»Du Mistkerl«, schimpfte er und versuchte sich zu befreien. »Lass mich los, das gibt eine Anzeige wegen ...«

»Wunderbar«, antwortete Marco ungerührt. »Dann werde ich jetzt klingeln, Ihre Freundin kann die Polizei anrufen, die dann sicherlich sofort Ihre Anzeige aufnehmen wird, wenn sie eintrifft. Wie heißt denn Ihre Bekannte eigentlich?«

»Bauer, Linda Bauer«, keuchte Henning. »Das sagte ich doch schon!«

»Immerhin kennen Sie ihren Namen«, erwiderte Marco.

»Verdammt noch mal!« Henning wand und drehte sich, um sich aus Marcos Griff zu befreien, aber Marcos Finger hatten sich wie Eisenklammern um Hennings Arm gelegt.

Da erschien plötzlich Licht auf der Veranda, ein weiblicher Schatten erschien und eine helle Stimme ertönte: »Wer ist da?«

»Pst«, machte Henning, doch Marco rief mit lauter Stimme: »Entschuldigen Sie vielmals, Frau Bauer, aber ich habe diesen Mann beobachtet, wie er über Ihre Gartentür stieg. Er behauptet, Sie seien seine Freundin. Ich vermute aber, dass das nicht wahr ist!«

Die weibliche Gestalt war nähergetreten, sie hielt eine Taschenlampe in der Hand und beleuchtete damit Marco und Henning.

»Guten Abend«, erklang ihre sympathische Stimme. Die Frau betrachtete überrascht die beiden Männer. »Was soll das hier – mitten in der Nacht? Wer sind Sie?«, fragte sie nochmal, dann erkannte sie Henning. »Sie? Was wollen Sie denn von mir?« Im Schein der Taschenlampe konnte Marco sehen, wie Henning kleine Schweißbäche von der Stirn zum Doppelkinn liefen.

»Entschuldigen Sie, Frau Bauer«, kam seine stammelnde Antwort. »Ich ...« Dann verstummte er.

»Sind Sie mit dem Mann befreundet?«, wollte Marco wissen.

»Nein ...«, kam die erstaunte und etwas unsichere Antwort. »Ich kenne ihn ja kaum. Ich weiß nur, dass er seit einigen Monaten im Gasthof wohnt, um hier in der Gegend Versicherungen zu verkaufen.« Sie wandte sich wieder Henning zu, der unverändert in Marcos Griff schmorte. »Ich denke, dass Sie mir wohl kaum um diese Nachtzeit eine Versicherung verkaufen wollten.«

»Nein«, Henning war zerknirscht. »Ich ... ich kann Ihnen das nicht erklären, ich ... ich ... war, ... bin verwirrt.«

»Lassen Sie ihn bitte los«, sagte Linda Bauer jetzt zu Marco. »Ich denke, der Mann steht schon genug unter Druck.«

Marco lockerte den Griff, und Henning rieb sich stöhnend den Arm.

»Wenn Sie die Polizei rufen wollen ...«, sagte Marco.

»Ich denke, das ist nicht nötig«, antwortete die junge Frau und zog den Morgenmantel um den Hals zu. »Ich weiß nicht, was Sie wollten, Henning, aber wenn so etwas noch einmal geschehen sollte – dann können Sie sicher sein, dass Sie nicht ohne eine polizeiliche Vernehmung davonkommen!«

»Es wird ganz bestimmt nicht mehr vorkommen«, murmelte Henning und drehte sich zu Marco um. Seine Stimme wurde schärfer. »Würden Sie mich jetzt bitte durchlassen.«

Marco blieb stehen. »Frau Bauer, sind Sie sicher, dass Sie nicht doch …«

Linda schüttelte den Kopf. »Lassen Sie ihn gehen. Ich muss morgen früh wieder zur Arbeit, und ich denke nicht, dass Henning mehr wollte, als ein bisschen durchs Schlafzimmerfenster zu linsen. Außerdem möchte ich kein Aufsehen im Dorf.«

»Kann ich mir vorstellen«, meldete sich Henning, der inzwischen das Grundstück verlassen hatte und sich in sicherer Entfernung von Marco wähnte. »Es wird ja schon genug über Sie geredet im Dorf.«

Marco wollte Henning wieder packen, doch Linda sagte: »Verschwinden Sie, Henning, bevor ich es mir doch noch anders überlege.«

Henning ging daraufhin mit eiligen Schritten in Richtung Dorfplatz davon.

»Ich danke Ihnen«, sagte Linda und warf Marco einen fragenden Blick zu. »Ist das Ihr Hobby, zu später Stunde fremde Damen vor Belästigungen zu schützen?«

»Entschuldigen Sie«, sagte Marco. »Ich habe mich noch gar nicht vorgestellt. Ich heiße Marco Ringer und wohne drüben im Gasthof. Ich konnte nicht schlafen, habe noch einen Spaziergang gemacht und da …«

»Und da haben Sie gleich die Gelegenheit genutzt, um ein bisschen Held zu spielen!«

»Ich wollte auf keinen Fall …«

»Natürlich nicht!« Linda lächelte. »Ich bin Ihnen wirklich sehr dankbar, Herr Ringer. Ich würde Sie gerne noch zu einer Tasse Kaffee einladen. Aber es ist schon nach Mitternacht, und das Gerede im Dorf würde Wochen andauern. Aber wenn sie morgen Abend zum Essen kommen möchten … als Belohnung für ihre Heldentat.«

»Ich komme gerne«, nickte Marco.

»Um achtzehn Uhr? Es wird kein Festmahl sein, aber ich möchte mich gerne für Ihre Hilfsbereitschaft revanchieren.«

Lindas Blicke folgten der großgewachsenen, schlanken Gestalt, die allmählich mit der Dunkelheit verschmolz. Es war sonst nicht ihre Art, wildfremde Männer sofort zu sich nach Hause einzuladen; aber sie fühlte eine unerklärliche Verbindung zwischen ihr und dem jungen Mann. So als hätte das Schicksal beabsichtigt, es nicht bei dieser einen nächtlichen Begegnung zu belassen.

*

Ralf Henning lag auf dem Bett im Zimmer des Gasthofs und starrte an die Decke. Neben dem Bett standen mehrere Wodkaflaschen – bis auf eine waren alle leer.

So viel wie heute Nacht hatte er in seinem ganzen Leben noch nicht getrunken. Nicht einmal nach seiner Scheidung vor zehn Jahren. Er trank und trank, doch sein Kopf war nur von einem leichten Schwindelgefühl erfüllt. Ein normaler Mensch wäre nach dieser Menge Alkohol wahrscheinlich schon im Koma gelegen. Und er? Ihm schwirrte nur ein wenig der Kopf. Und genau das war es, was ihn unruhig machte. Deswegen hatte er, nachdem er von seinem nächtlichen Ausflug zurückgekehrt war, zu trinken begonnen.

Dieser Schwindel im Kopf – und das Gefühl, nicht mehr er selbst zu sein, und Dinge zu tun, von denen er selbst nicht genau sagen konnte, warum er sie tat.

Weißt du wirklich nicht warum?, ertönte eine Stimme in seinem Kopf.

Doch! Er wusste genau, was mit ihm geschehen war! Er war der Diener dieses Mädchens im Wald geworden. Hennings Erinnerung an diese Begegnung war wie die an einen Traum. Das ganze Erlebnis schien ihm völlig unwirklich, aber da waren Einzelheiten, die ganz klar vor seinem inneren Auge standen.

Henning hob den Oberkörper, um mit dem rechten Arm die Flasche erreichen zu können. Er führte sie zum Mund und trank einige Schlucke. Dann stellte er die Flasche wieder auf den Boden und sein Kopf sank zurück.

Er hatte genickt, als die Schwarze Uhsa ihn gefragt hatte, ob er ihr helfen wolle. Und er wusste, dass durch dieses Nicken ein unlösbares Band zwischen ihm und der Frau geknüpft worden war. Das gefiel Ralf nicht, aber er erkannte auch die Vorteile dieser Verbindung. Das Mädchen hatte ihm Reichtum versprochen und sie hatte ihm auch eine kleine Probe dieses Reichtums mitgegeben, als Vorschuss für seine Dienste. Auf dem Nachttisch lag ein glitzernder Edelstein. Ralf kannte sich nicht besonders gut mit Juwelen aus, aber dieser Stein war bestimmt mehrere Tausender wert. Soviel wusste er! Und sie hatte ihm eine ganze Handvoll gleichwertiger Diamanten versprochen, wenn er ihren Befehlen gehorchen würde.

Die Aufgabe, die ihm Uhsa gestellt hatte, war vergleichsweise einfach gewesen. Er sollte eine Frau zu ihr bringen. Sie hatte sie *die Wächterin* genannt. Die

Schwarze Uhsa hatte ihm nur das Haus beschreiben können, in dem diese Frau wohnen sollte. Er sollte dieses Gebäude finden und die Bewohnerin zu ihr bringen.

Das Haus hatte er schnell gefunden! Denn es gab nur einen Giebel im Dorf, an dem ein Relief von einem Frauenkopf angebracht war. Dummerweise hatte ihn dieser Ringer überrascht, als er sich vergewissern wollte, dass Linda Bauer die Frau war, die Uhsa suchte. Aber er hatte genug gesehen, um sicher zu sein. Ralf fragte sich nicht, was die Schwarze Uhsa von Linda wollte. Es interessierte ihn auch nicht. Wichtig war, dass er seine Belohnung bekam, dann würde dieses beschissene, armselige Vertreterleben ein Ende haben.

Das Haus kannte er jetzt – als Nächstes musste es ihm nur noch gelingen, Linda in den Wald zu bringen. Ralf wusste genau, dass Linda niemals im Leben freiwillig mit ihm irgendwohin gehen würde. Das würde keine Frau, außer denen, die sich für ihre Dienste bezahlen ließen. Doch Uhsa hatte ihm etwas gegeben, mit dessen Hilfe er Linda gefügig machen konnte. Sie hatte ihm einen Leinenbeutel anvertraut. Ralf wusste nicht, was er enthielt – wollte es auch gar nicht wissen, nachdem er den Geruch wahrgenommen hatte, der von dem hühnereigroßen Beutel ausging. Das Säckchen hatte sie dann in ein Stück Leder eingewickelt und fest verschnürt. Dieses Päckchen steckte nun in seiner Jackentasche. Und Uhsa hatte ihm genau gesagt, wie er es benutzen konnte, um Linda zu erwischen!

4. KAPITEL

Der nächste Tag überraschte mit einem fast wolkenlosen Himmel und angenehmen Temperaturen. Marco machte sich, wie er es vorgehabt hatte, schon am frühen Vormittag auf den Weg, um die Drudnhöhle zu besuchen. Seine Füße steckten in gut eingelaufenen Wanderschuhen und er schritt kräftig aus, um bald ans Ziel zu gelangen. Das Gehen war Marcos liebste Fortbewegungsart, alles andere erschien ihm unnatürlich. Der Morgen nach dem Unwetter war lau, nur einige kleine Wolken waren am Himmel zu sehen und die Wiesen und Äcker, die das Dorf umgaben, sahen aus wie frisch gewaschen. Die Luft war klar und frisch.

Ein ideales Wetter für einen kleinen Tagesausflug, dachte Marco. Er hatte die düsteren Erzählungen des vergangenen Abends zwar nicht vergessen, aber sie schienen ihm im Tageslicht weniger bedrohlich – vielleicht waren es ja nur Produkte einer durch einen stürmischen Herbstabend angeheizten Phantasie.

Trotzdem beschloss Marco vorsichtig zu sein und kein unnötiges Wagnis einzugehen.

Kurz bevor die schmale, geteerte Straße in den Wald verschwand, hielt Marco noch einmal an und blickte auf die topografische Karte, die er bei sich hatte. Der geteerte Waldweg führte direkt an der Finstermail vorbei – dem Waldgebiet, in der die Höhle lag! Die Höhle selbst war auf der Karte nicht eingezeichnet. Das ganze Gebiet darum war ohne Wege und es gab anscheinend keinen ausgebauten Zugang zu diesem Teil des Waldes. Marco hatte den Eindruck, als hätten auch die Kartografen diese Gegend gemieden, oder waren daran gehindert worden, sie näher zu erforschen.

Nach näherer Betrachtung der Karte entdeckte Marco dann doch, dass ein schmaler Weg eingezeichnet war, der von der Waldstraße ein kleines Stück in Richtung Finstermail führte. Marco merkte sich die ungefähre Position des Weges, packte die Karte wieder in den kleinen Rucksack, den er am Rücken trug und ging weiter auf der Straße in den Wald hinein. Bald war er links und rechts von hohem Mischwald umgeben. Die Bäume standen nicht sehr dicht zusammen, sodass man dazwischen die kleinen Stauden der Blau- und Preiselbeeren sehen konnte. Es mussten noch fast zwei Kilometer bis zu dem Weg sein, der ihn in das interessante Gebiet führen sollte.

Je näher Marco seinem Ziel kam, desto stiller wurde es im Wald. Auch die Luft kühlte spürbar ab; was den Wanderer aber nicht störte, da er in Bewegung war. Allmählich wurde der Wald dichter, und dann konnte Marco in einigen hundert Meter Entfernung erkennen, dass sich auf der linken Seite fast so etwas wie ein Urwald ausbreitete. Der Weg war steiler geworden und Marco kam ein wenig ins Schnaufen, während er die Anhöhe bewältigte.

Die Luft schien dicker geworden zu sein, schwerer zu atmen und feucht. Marco blieb stehen, um kurz auszuruhen. Ein Blick auf die Karte zeigte ihm, dass bald auf der linken Seite der schmale Waldweg von der Straße abzweigen musste.

Im Schatten der Bäume hatte Marco nicht bemerkt, dass sich Wolken am Himmel zusammengezogen hatten und er war erstaunt, als plötzlich Regentropfen auf die Karte fielen. Er verstaute die Karte und holte aus dem Rucksack seinen Regenumhang.

Nach wenigen Minuten hatte er dann den Waldweg erreicht. Es war nur ein schmaler Weg, der am Anfang noch geteert war und dann in einen engen Trampelpfad überging, der vom gestrigen Regen schlammig und aufgeweicht war. Nach kurzem Zögern verließ Marco die Straße und folgte dem Pfad. Wäre er noch einige hundert Meter auf der Straße weitergegangen, dann hätte er einen metallic blauen BMW entdeckt, der schräg im Straßengraben lag.

Der Pfad wurde immer schlechter begehbar und bald konnte man nicht mehr von einem Weg sprechen. Umgestürzte Bäume lagen kreuz und quer herum. Marco musste über die Stämme steigen und aufpassen, dass er auf dem glitschigen Holz nicht ausrutschte. Die Hindernisse zu umgehen war nicht möglich, da sich links und rechts ein undurchdringliches Gestrüpp aus Bäumen, dornigen Sträuchern und Kletterpflanzen erhob, das eine natürliche Hecke bildete.

Hier schien schon seit geraumer Zeit niemand mehr gewesen zu sein, doch ein Blick auf den lehmigen Boden ließ Marco stutzen. Ganz deutlich konnte er dort die mit braunem trübem Wasser gefüllten Umrisse einer Schuhspur erkennen. Also war hier schon jemand gewesen, und vielleicht war er es noch! Die Spur konnte schon älter sein, denn hierher verirrte sich sicher nur selten jemand. Marco war kein guter Spurenleser, aber er konnte doch aus der Tiefe und Form des Abdrucks erkennen, dass die Spur wahrscheinlich von einem Mann stammte.

Mal sehen, wo dieser Unbekannte hingegangen ist, dachte Marco und suchte nach weiteren Abdrücken am Boden. Tatsächlich fand er in unregelmäßigen Abständen immer wieder einen mehr oder weniger gut erkennbaren Abdruck.

Inzwischen war der Pfad ständig schmaler geworden. Das Gestrüpp drängte auf den Weg und wiederholt trafen Marco Äste an Armen, Beinen oder im Gesicht. Die Zweige waren teilweise dornig, andere schienen mit klebrigem Harz bedeckt zu sein, das sich an der Kleidung festsetzte. Die Luft glich einem kalten Wasserdampfbad und trotz der Kühle begann Marco zu schwitzen.

Kein Geräusch war hier zu hören, und auch der Wind konnte nicht durch das Dickicht dringen. Nichts regte sich und den Wanderer überkam ein unangenehmes Gefühl. Die Erzählungen von den unerklärlichen Unfällen gingen ihm wieder durch den Kopf und trugen keineswegs dazu bei, seine Stimmung aufzuhellen.

Für einen kurzen Moment war Marco in Gedanken gewesen und bemerkte erst nach einiger Zeit, dass die Fußspuren verschwunden waren. Der Unbekannte hatte offensichtlich den Pfad verlassen. Marco blickte sich um und ging einige Schritte seines Wegs zurück. Er begutachtete dabei genau die Seiten des Pfades, um vielleicht einen Durchlass in dem Dickicht erkennen zu können.

Und er hatte Glück! Am rechten Wegrand war das Dickicht etwas lichter, und als er darauf zuging, sah er auch den Fußabdruck, der genau auf diese Stelle zeigte. Marco bog die Äste beiseite und sah hinter den Strauch. Tatsächlich ging dort ein Weg weiter, schmal nur, nicht mehr als ein Wildwechsel — aber der Fremde schien ihn auch benutzt zu haben.

Kurz entschlossen folgte Marco dem Weg. Der Boden war hier nicht mehr schlammig, sondern dicht bewachsen und Marco kam vergleichsweise gut vorwärts. Aber immer mehr erfüllte die bedrückende Atmosphäre, die in diesem Wald herrschte, sein Bewusstsein.

Finstermail! Mir wäre kein treffenderer Name für diesen Urwald eingefallen, dachte er grimmig.

Dann stand er urplötzlich auf einer Lichtung. Wie aus dem Urwald geschnitten erstreckte sich ein freier Platz, in dessen Mitte die Überreste einer uralten Eiche lagen. Sie war in zwei Hälften gespalten worden. Es sah aus, als wäre eine riesige Axt vom Himmel gefahren und hätte den Baum in zwei Hälften geteilt. Den ganzen Ort umgab eine unwirkliche Aura.

Seltsam, dass der Platz nicht ebenso zugewachsen war wie der Rest des Waldstücks. Hier wuchsen nur niedrige Farne und struppiges, kurzes Gras, das auf dem ungesunden Boden nicht recht gedeihen wollte. Überall standen schleimige Pilze, Reste von Stinkmorcheln und Tintenschopflinge, an denen blauschwarzer Schleim herabfloss. Die Lichtung machte einen höchst beunruhigenden Eindruck auf den Wanderer.

Er ging auf die zersplitterte Eiche zu, um sie näher zu untersuchen. Der Baum war knorrig und verwachsen gewesen. Hier musste sich der junge Gerolf das Leben genommen haben. Marco zweifelte keinen Moment daran, dass man an diesem Ort jegliche Lebensfreude verlieren konnte.

Es war völlig windstill, kein Laut war zu hören. Die Luft hatte einen unangenehmen Geruch, der Marco an eine Müllhalde erinnerte. Es roch nach Fäulnis und verwesenden Pilzen. Ebenso lag eine Spannung in der Luft, als würde gleich wieder ein Gewitter über den Wald niedergehen wollen.

Neugierig näherte sich Marco der alten Eiche. An der Innenseite des Holzes konnte er angekohlte Stellen entdecken, aber die starken Regenfälle hatten das schwelende Feuer offensichtlich gelöscht. Zwischen den Hälften lagen kleinere und größere Holzsplitter. Marco betrachtete sie näher. Sie waren glatt und hatten teilweise völlig gerade Kanten. Dieses Holz stammte ganz sicher nicht von der Eiche. Marco konnte dunkle Spuren erkennen, die an Teer erinnerten.

Marco versuchte, die Stücke im Geiste zusammenzusetzen. Hier könnte eine Holzkiste oder ein Sarg vergraben gewesen sein. Das Holz war mit Pech eingestrichen worden, um es nicht verwittern zu lassen. Das war bei Särgen nicht üblich. Also musste sich in der Kiste, wenn es denn eine gewesen war, etwas befunden haben, das für lange Zeit dort liegen sollte.

Marco dachte an die Spuren auf dem Pfad. Der oder die Fremde musste ebenfalls hierhergelangt sein. Aber niemand konnte gewusst haben, dass die Eiche ihr Geheimnis unter ihren Wurzeln freigegeben hatte. Der Gedanke war zu abwegig. Wahrscheinlich bestand gar kein Zusammenhang zwischen den beiden geheimnisvollen Entdeckungen.

Marco bückte sich, um vielleicht zwischen den Trümmern etwas zu finden, was auf den Inhalt hindeuten könnte. Aber da war nichts! Entweder war die Kiste leer gewesen, was sich Marco schwer vorstellen konnte, oder der Inhalt war nicht mehr hier.

Auferstanden!, schoss es Marco durch den Kopf. Sofort verdrängte er diesen beunruhigenden Gedanken wieder. Hier konnte er keine neuen Erkenntnisse gewinnen. Er beschloss, sich weiter umzusehen, und vielleicht doch noch das eigentliche Ziel seiner kleinen Expedition zu finden. Die Drudnhöhle! Wenn der Förster recht hatte, musste sie in unmittelbarer Nähe des Baumes sein. Marco war sich sicher, dass er in der richtigen Gegend war.

Er ließ seinen Blick suchend am Rand der Lichtung entlang schweifen. Nach Norden hin wurde der Wald etwas lichter und das Gelände senkte sich nach dorthin ab. Marco ging ein paar Meter bergab, dann sah er vor sich Felsen.

Dort musste sich die Opferhöhle befinden!

Er ging um den Felsen herum, in der Hoffnung, dort vielleicht den Zugang zu finden. Er hatte sich nicht getäuscht! Wie der schwarze Schlund eines gewaltigen Raubtiers lag eine Öffnung im Felsen vor ihm. Marco trat noch nicht näher. Von der Höhle ging eine deutlich spürbare Bedrohung aus. Marco konnte verstehen, dass dieses Waldstück von normalen Menschen gemieden wurde. Er selbst fühlte sich nicht wohl hier – es war schon fast eine körperliche Übelkeit, die der Anblick dieses Loches, das ins Erdinnere führte, bei ihm verursachte.

Kleinere Felsen bildeten einen natürlichen Wegrand zur Höhle. Der Eingang selbst war nicht zugewachsen. Wie auf der Lichtung schien die Erde hier unfruchtbar zu sein – nichts wollte hier wachsen, außer ein paar dünne Schachtelhalme, Farne und weiße Pilze.

Da entdeckte Marco wieder den Fußabdruck. Er führte direkt auf die Höhle zu. Und einige Zentimeter davon entfernt sah er einen zweiten, diesmal in der anderen Richtung. Marcos Unwohlsein verstärkte sich. Jemand war vor nicht allzu langer Zeit hier gewesen, hatte die Höhle betreten und dann wieder verlassen.

Schon wollte der junge Wissenschaftler den Spuren in die Höhle folgen, doch dann zögerte er. Hier ging irgendetwas Seltsames vor sich. Die Fußspuren, die Holzreste unter der zersplitterten Eiche, und diese eigenartige Höhle, von einer Aura des Bösen umgeben. Marco blickte wieder zum Höhleneingang. Undurchdringliche Schwärze gähnte ihm entgegen. Er konnte nichts erkennen. Und doch glaubte er, dass sich in der Höhle etwas bewegte. Es war mehr ein Gefühl, denn mit den Augen war nichts zu erkennen, und auch Geräusche waren nicht zu vernehmen. Marco war kein ängstlicher Mensch, aber er trat unwillkürlich einen Schritt zurück.

Er überlegte nur kurz, dann holte er die Taschenlampe aus seinem Rucksack und bewegte sich auf die Höhle zu. Er wollte die Höhle vom Eingang aus mit seiner Lampe ausleuchten, um sich ein Bild vom Innern zu machen. Danach würde er entscheiden, was zu tun war. Schon einige Meter vorher schaltete er die Taschenlampe ein und richtete den Strahl auf die Dunkelheit. Jetzt konnte er Teile des Höhlenraums erkennen. Er war nicht besonders groß, vielleicht drei mal vier Meter in der Grundfläche, aber so hoch, dass man bequem darin stehen konnte. Und er war leer, jedenfalls konnte Marco im ersten Augenblick nichts Auffälliges entdecken. Er blieb am Eingang stehen und beleuchtete die hintere Wand. Sie glitzerte feucht und war mit Flechten bewachsen. Ein großer Felsblock schien an der Wand zu lehnen, es konnte aber genauso gut gewachsener Stein sein.

Na toll, da machte er sich fast ins Hemd und in der Höhle war nichts – leer! Trotzdem blieb er am Eingang stehen. Und das war sein Glück. Plötzlich hörte er ein leises, schleifendes Geräusch, als würde etwas über den steinigen Boden gezogen. Intuitiv richtete Marco die Taschenlampe in die Richtung. Der Strahl erfasste eine huschende Bewegung am Boden.

Schlangen! Es waren zwei grün gefärbte Schlangen, die sich zielstrebig auf Marco zu bewegten. Sie waren nicht sehr lang, etwa einen halben Meter, aber sie zischten leise, als das grelle Licht auf sie fiel und glitten mit geschmeidigen Bewegungen und einer erstaunlichen Geschwindigkeit auf ihn zu. Einen Augenblick war Marco starr vor Schreck. Dann ging er vorsichtig, aber zügig rückwärts. Die Biester kamen näher. Marco drehte sich um, beschleunigte seinen Schritt und – rutschte auf dem glitschigen Felsboden aus.

Er schlug hart auf dem felsigen Boden auf, rappelte sich halb hoch und versuchte sich – zuerst auf allen Vieren, dann gebückt – in Sicherheit zu bringen.

Da spürte er einen leichten Druck an seinem Schuh. Eine der Schlangen hatte sich dort festgebissen, aber ihre Zähne konnten nicht durch das feste Leder dringen. Marco schlug mit der Taschenlampe nach dem Kopf der Schlange und die Zähne lösten sich für einen Moment. Er nutzte die Gelegenheit, um ganz aufzustehen und durch das Dickicht auf die Lichtung zu rennen. Im Laufen ergriff er einen Ast, der lose an einem Strauch hing und schlug damit hinter sich auf den Boden. Nasse Zweige schlugen ihm ins Gesicht, aber er kümmerte sich nicht darum.

Er blieb erst stehen, als er am anderen Ende der Lichtung angekommen war. Mit einer schnellen Bewegung drehte er sich um, bereit, mit dem Ast sofort auf die Reptilien einzuschlagen. Aber sie waren nicht mehr hinter ihm. Anscheinend hatten sie die Verfolgung aufgegeben.

Schwer atmend ließ Marco den Ast sinken. Die Schlangen hatten ihn eindeutig angegriffen. Marco hegte die Vermutung, dass sie die Höhle bewachten. Hatten sie dort ihre Brut versteckt oder war es etwas anderes, das vor unbefugten Besuchern verborgen bleiben sollte? Im Augenblick interessierten ihn die Antworten auf diese Fragen wenig. Er hatte damit zu tun, wieder zu Atem zu kommen.

Den Schlangen war er zwar entkommen, trotzdem wich das Gefühl der Bedrohung nicht. Marco fühlte sich von kalten Augen beobachtet. Er blickte über die Lichtung in die Richtung, in der die Höhle lag. Da glaubte er am Waldrand hinter einem hohen Strauch eine schemenhafte Gestalt zu erkennen.

Auferstanden! Wieder blitzte der Gedanke in ihm auf und er atmete heftiger. Er sah sich um. Einige Meter neben ihm führte der schmale Pfad durch das Dickicht zum Waldweg zurück. Im Notfall würde er dorthin rennen. Als er wieder über die Lichtung sah, war die Erscheinung jedoch verschwunden. Oder es hatte sie nie gegeben.

Dieser Ort zieht Unglücksfälle an. Er ist – gefährlich!, erinnerte sich Marco an die Worte des Försters. Er musste mehr über diese Höhle erfahren, vielleicht konnte er sich dann für seinen nächsten Besuch besser wappnen. Marco wollte um jeden Preis das Geheimnis der Finstermail aufklären.

Er erreichte Gramstein kurz vor Mittag. Der Heimweg war ohne besondere Vorkommnisse gewesen. Nur auf halber Strecke hatte ihn ein Abschleppwagen überholt, der einen metallic blauen BMW aufgeladen hatte. Marco beachtete ihn nicht weiter.

5. KAPITEL

So, Kinder, das war's für heute«, sagte Linda Bauer, als das Läuten der Schulglocke das Ende der Stunde anzeigte. »Packt eure Sachen zusammen – und schreit nicht gar zu laut, wenn ihr rausgeht«, rief sie den Jungen nach, die schon mit gepackten Taschen hinter den Schulbänken wie in Startlöchern gewartet hatten und nun johlend zur Tür hinausstürmten.

»Bis Montag, und ein schönes Wochenende wünsche ich euch!« Sie selbst begann inzwischen die Hefte einzupacken, die sie sich übers Wochenende zum Korrigieren mit nach Hause nehmen wollte.

Sie war gern Lehrerin in der Dorfschule von Gramstein. Und die erste Klasse, die sie in diesem Schuljahr übernommen hatte, bestand nur aus netten, lebhaften Kindern, die obligatorischen Rowdys natürlich mit eingeschlossen. Sie mochte sie alle. Jetzt freute sie sich auf ein ruhiges Wochenende in ihrem Häuschen am Ortsrand von Gramstein.

Vom Schulgebäude zu ihrem Haus war es nicht weit, und Linda verband den Nachhauseweg jedes Mal mit einem kleinen Spaziergang. Sie wohnte noch nicht lange hier. Nach dem Tod ihrer Großmutter vor einem guten Jahr war sie in das Häuschen gezogen, das ihre Großmutter vor ihr bewohnt hatte. Sie liebte dieses Haus, schon als Kind hatte sie oft ihre Oma besucht. Dann hatte sie in dem verwilderten Garten gespielt oder auf dem Speicher in altem Gerümpel gewühlt.

Als Linda die Gartentür öffnete, musste sie wieder an das Erlebnis der letzten Nacht denken. Was wohl dieser Henning von ihr gewollt hatte? Linda wusste, dass er viel trank. Wahrscheinlich war es so gewesen: Henning hatte sich betrunken, und war dann bei ihr eingestiegen. Vielleicht wollte er ihr ein Ständchen bringen? Puuh! – Sie schüttelte sich innerlich. Henning war wirklich der letzte, mit dem sie etwas zu tun haben wollte. Wenn sie ihm im Dorf begegnete, wandte er schnell die Augen ab, aber wenn sie an ihm vorbei war, spürte Linda fast körperlich die Blicke des Mannes in ihrem Rücken.

Ein mehrstimmiges Miauen weckte sie aus ihren Gedanken. Ihre drei Katzen hatten sich an der Gartentür versammelt, um sie zu begrüßen. Als Linda in den Garten trat, kamen sie angerannt und strichen schnurrend um ihre Beine.

»Ihr habt bestimmt Hunger«, begrüßte sie die Tiere. Sie ging ins Haus und richtete den Futternapf her. Dabei dachte sie: Wie die Männer – nur lieb und nett, wenn sie Hunger haben oder gestreichelt werden wollen. Bis jetzt hatte sie noch niemanden kennengelernt, der sie vom Gegenteil hatte überzeugen können.

Unwillkürlich musste sie an den jungen Mann denken, der in der letzten Nacht Henning auf ihrem Grundstück überrascht hatte. Marco Ringer war sein Name gewesen. Sie hatte ihn noch nie hier im Dorf gesehen. Es gab kaum

Fremdenverkehr in Gramstein und schon gar nicht im Herbst. Was tat er dann hier im Dorf? Er schien anders gewesen zu sein, jedenfalls war das ihr erster Eindruck gewesen. Aber bei dieser kurzen Begegnung konnte man sich noch kein richtiges Bild von jemandem machen. Nun gut, sie würde heute Abend mehr erfahren, von Marco persönlich. Linda wunderte sich über sich selbst, dass sie einen wildfremden Mann einfach so zum Essen eingeladen hatte. Aber er hatte ihr geholfen und einen vertrauenswürdigen Eindruck auf sie gemacht.

Sie hatte gerade überlegt, was sie denn zum Abendessen kochen sollte, da klingelte die Glocke im Flur. Linda warf einen Blick durchs Küchenfenster, von dem aus sie zur Haustür sehen konnte. Sie erschrak, als sie den unerwarteten Besucher erkannte.

Henning! Mit Blumen in der Hand! Was wollte der denn von ihr? Sie hatte ihm doch in der Nacht unmissverständlich klargemacht, dass er sich nicht mehr blicken lassen sollte. Einen kurzen Moment dachte sie daran, einfach nicht aufzumachen – aber das war nicht ihre Art!

Henning machte einen zerknirschten Eindruck, als Linda ihm die Türe öffnete. Mit ungeschickten Bewegungen und einer gemurmelten Entschuldigung überreichte er Linda den Blumenstrauß. Sie fand ihn etwas zu üppig und es gefiel ihr nicht, wie Henning ihrem Blick auswich. Aber sie erinnerte sich an ihre gute Kinderstube und bat Henning, doch auf eine Tasse Kaffee hereinzukommen.

»Schön, dass Sie etwas Zeit haben«, sagte Henning und setzte sich auf einen der Holzstühle. Er machte einen erleichterten Eindruck, nachdem er den Blumenstrauß losgeworden war. »Wissen Sie – letzte Nacht, Sie sollten das wieder vergessen, ich war ...«

»Verwirrt!« fiel ihm Linda ins Wort, während sie Kaffee aufbrühte. »Oder besser gesagt – betrunken, habe ich recht?«

»Genau«, stimmte Henning eifrig zu. »Ich war betrunken, sehr betrunken. Ich wusste einfach nicht mehr, was ich tat.« Er zupfte nervös an seinem Krawattenknoten, seine rechte Hand wanderte immer wieder in die Jackentasche und schien dort einen Gegenstand zu betasten.

»Die Wahrheit ist«, sagte er dann und schluckte, »ich wollte eine Mitteilung in ihren Briefkasten werfen.«

»Und die war so wichtig, dass Sie das mitten in der Nacht tun mussten.« Linda betrachtete Henning misstrauisch, als sie eine Tasse Kaffee vor ihm auf den Tisch stellte. Der Mann sah erschöpft aus. Wahrscheinlich hatte er in seinem Anzug geschlafen. Das Gesicht war fleckig, die wenigen Haare klebten am Kopf. Sie glänzten von Pomade oder Fett, Linda war sich nicht sicher und wollte es auch nicht genau wissen.

Henning trank einen Schluck von dem heißen Getränk.

»Betrunken«, sagte er dann, als würde das alles erklären. Er klammerte sich förmlich an dieser Tatsache fest. »Frau Bauer, ich habe es bis jetzt nicht gewagt, Sie anzusprechen, deswegen die Mitteilung, der Brief.«

Linda ging das Gestammel des Mannes langsam auf die Nerven, doch sie nahm sich zusammen und hörte Henning weiter zu.

»Also gut, ich wollte Ihnen gestern Nacht eine Einladung zukommen lassen.« Sein Blick streifte sie kurz, um zu sehen, wie sie reagierte. Linda rührte sich nicht.

Nicht im Traum würde sie daran denken, mit diesem Mann auszugehen. Henning bemerkte ihren Unwillen und hustete verlegen und mit rotem Kopf.

»Eine Schnapsidee! Ich weiß«, sagte er und strich sich mit den Fingern durch die Haare. Dann wanderte die Hand wieder in die Jackentasche.

»Aber da ist noch etwas«, sagte Henning schnell – anscheinend froh, diesen Teil des Gesprächs hinter sich zu haben. »Etwas, was Sie mir nicht abschlagen werden.«

»Und was sollte das sein?«, fragte Linda uninteressiert. Sie bereute es inzwischen, Henning eingelassen zu haben, und versuchte jetzt, den Besuch so schnell wie möglich abzuwimmeln.

»Ich möchte Ihnen ein Geschenk machen«, sagte Henning. »Eine Feuerversicherung für Ihr Haus. Ein Jahr umsonst!« Er war offensichtlich in seinem Element und machte überhaupt keinen verlegenen Eindruck mehr. »Sie wissen ja, diese alten Häuser mit ihren unzureichenden Kochstellen und Heizanlagen.«

»Sie sprechen von meinen Holzöfen«, warf Linda unwirsch ein. Henning ließ sich nicht beirren.

»Da ist schneller ein Feuer ausgebrochen, als man denkt«, fuhr er eifrig fort. »Nun, ich habe mir gedacht, dass Sie so etwas wie eine Versicherung gut gebrauchen könnten. Und den ersten Jahresbeitrag würde ich übernehmen. Na, was halten Sie davon! Oder haben Sie etwa schon ...«

»Ich werde ihr Geschenk annehmen«, sagte Linda, ohne zu überlegen. Aber nur, damit sie so schnell wie möglich hier verschwinden, setzte sie in Gedanken hinzu.

»Sehr schön«, sagte Henning geschäftig und öffnete seine Aktentasche. Er holte einen Stapel Papiere heraus und legte sie auf den Tisch. »Hier ist der Vertrag, ich habe alles schon vorbereitet. Da wäre noch etwas«, setzte er zögernd hinzu und wurde wieder nervöser. »Damit der Vertrag bei der Versicherungsgesellschaft angenommen wird, müsste ich noch die Sicherheit Ihrer Feuerungsanlagen überprüfen.« Er blickte Linda abwartend an.

»Wenn's denn sein muss«, entgegnete die junge Lehrerin und löste sich vom Küchenschrank, wo sie die ganze Zeit gelehnt hatte. »Ich werde ihnen die Öfen zeigen.«

Henning erhob sich hastig.

»Nicht nötig«, sagte er schnell. »Ich schlage vor, Sie setzen sich und lesen in Ruhe den Vertrag durch.« Seine fleischige Hand tätschelte das Papier. »Und ich sehe mir inzwischen Ihre Öfen an. Ich glaube kaum, dass ich mich hier verlaufen werde.« Linda nickte nur; ihr war alles recht, wenn sie den Typen nur so schnell wie möglich vom Hals hatte.

Henning erhob sich sofort und verließ die Küche. Linda war leicht verwirrt. Eine seltsame Ausstrahlung ging von dem Mann aus. Sie kannte ihn kaum, aber sie schätzte Henning nicht als jemanden ein, der sich mit Blumen bei Frauen entschuldigen würde. Und dann die Geschichte mit der Feuerversicherung – Linda hatte das Gefühl, dass hier irgendetwas nicht stimmte.

Wollte Henning wirklich nur die Öfen inspizieren? Die junge Lehrerin war sich da auf einmal nicht mehr sicher. Sie entschloss sich nachzusehen, was Henning machte. Aber noch bevor sie die Küchentür erreicht hatte, ging diese auf und Henning kam wieder herein. Er schien nervös und hatte es auf einmal sehr eilig.

»Haben Sie den Vertrag unterschrieben?«, wollte er wissen.

»Nein, noch nicht«, antwortete Linda. »Ich bin mir auch gar nicht mehr sicher.«

»Dann überlegen sie es sich noch mal in aller Ruhe.« Henning versuchte zu lächeln, aber es wurde nur eine Grimasse daraus. »Sie wissen ja, wo Sie mich finden können.« Er nahm den Vertrag, steckte ihn in seine Tasche und verschloss sie. »Na dann, ich muss weiter«, verabschiedete er sich und ging wieder zur Tür. »Sie brauchen mich nicht hinauszubegleiten, ich finde den Weg schon selbst«, sagte er noch, dann war er verschwunden.

Linda stand verdutzt da und lauschte den Schritten Hennings, die vor dem Haus langsam leiser wurden. Was hatte Henning mit diesem Besuch bezweckt? Er hatte es plötzlich so eilig gehabt, wegzukommen, obwohl er offensichtlich keines seiner angeblichen Ziele erreicht hatte. Sie wollte nicht mit ihm ausgehen und die Feuerversicherung hatte sie auch nicht abgeschlossen.

Hier stimmte etwas nicht!

6. KAPITEL

Pünktlich um achtzehn Uhr stand Marco vor Lindas Haus. Es war nicht groß, machte aber einen sehr gemütlichen Eindruck. Auffallend war der reliefartige, aus Stein gemeißelte Frauenkopf, der unterhalb des Dachfirstes aus der Mauer ragte. Das Relief schien mehrere hundert Jahre alt zu sein, war aber noch erstaunlich gut erhalten.

Die Fachwerkmauern des Häuschens waren weiß gestrichen und mit Efeu und Kletterrosen bewachsen. Blaue Läden umrahmten die Sprossenfenster. Auf der Veranda standen Korbmöbel, sie waren schon zur Seite gestellt worden, da es im November meist zu kalt war, um länger draußen zu sitzen. Das Haus war umgeben von wildwachsenden Gräsern, die jetzt im Herbst eine gelbliche Farbe angenommen hatten. In der Wiese standen einige Obstbäume und vor der Veranda konnte Marco ein kleines Beet erkennen, das vermutlich als Kräutergarten für die Küche diente.

Es dämmerte bereits und ein kalter Wind blies Marco ins Gesicht. Er öffnete das Tor und folgte dem mit

Natursteinen gepflasterten Weg zur Haustür. Die Tür war sehr alt, aber ebenso wie die Außenwände und die Fenster neu gestrichen. Das ganze Haus war offensichtlich erst vor kurzem neu renoviert worden. Neben der Tür hing ein Griff, der mit einem Drahtseil verbunden war. Der Draht führte durch die Mauer ins Innere. Marco zog an dem Holzgriff und ein helles Glockenbimmeln ertönte im Haus. Er wartete, doch niemand kam, um die Tür zu öffnen. Noch einmal betätigte Marco die altertümliche Türglocke und zog diesmal etwas kräftiger und öfter an dem Griff.

War Linda etwa nicht zu Hause? Hatte sie es sich anders überlegt und wollte ihn doch nicht sehen? Sie hatte nicht den Eindruck gemacht, als hätte sie die Einladung einfach nur so dahingesagt. Marco wollte gerade überprüfen, ob die Tür verschlossen war, als er Geräusche von drinnen hörte. Jemand gähnte laut, dann näherten sich leichte Schritte und die Tür schwang nach innen auf. Die Scharniere knarrten leise.

»Hallo«, begrüßte ihn Linda mit einem schwachen Lächeln. Ihr Gesicht sah müde aus. Blonde Haarsträhnen hingen ihr ungeordnet in die Stirn. »Entschuldigen Sie bitte, aber ich bin eingeschlafen!«

Der gemütliche Eindruck, den das Haus von außen machte, wurde beim Betreten bestätigt. Die Wände waren hell getüncht, um den kleinen Flur nicht zu eng wirken zu lassen. An den Wänden hingen einige gerahmte und verglaste Poster.

»Wir gehen am besten in die Küche«, sagte Linda und ging voran. Eine Katze huschte an Marco vorbei und verschwand durch eine andere Tür.

»Meine Küche ist gleichzeitig auch noch Wohn- und Esszimmer«, erklärte Linda, als Marco den Raum betrat.

Auch in diesem Zimmer war jede Möglichkeit genutzt worden, um trotz der geringen Größe viel Bewegungsfreiheit zu schaffen. Regalbretter waren an allen vier Wänden angebracht. In der Ecke unter den Fenstern war eine Eckbank aufgestellt. Vor ihr stand auf einem Holztisch eine Vase mit frischen Blumen.

»Sie müssen mich für eine furchtbare Schlafmütze halten«, sagte Linda, als sie am Tisch Platz genommen hatten, und unterdrückte ein Gähnen. »Ich weiß gar nicht, was heute mit mir los ist. Ich hatte eigentlich vor, am Nachmittag einige Hefte zu korrigieren. Vorher wollte ich mich noch ein paar Minuten hinlegen. Aber kaum lag ich auf dem Bett, bin ich auch schon eingeschlafen und erst wieder aufgewacht, als ich die Glocke hörte.« Sie lächelte. »Wenn Sie nicht gekommen wären, hätte ich wahrscheinlich bis morgen früh durchgeschlafen.«

Sie gähnte noch einmal und rieb sich dabei den Unterarm. »Seltsam, ich fühle mich völlig zerschlagen. Ich glaube, ich habe auch noch schlecht geträumt. Wenn das nur keine Grippe wird; ich hatte nicht vor, am Wochenende mit Fieber das Bett zu hüten.« Dann gab sie sich einen Ruck. »Was halten Sie von einem Kaffee?«

»Gute Idee«, antwortete Marco und sah Linda zu, die sich am Herd zu schaffen machte.

»Ich habe eine Gemüselasagne vorbereitet«, sagte sie, ohne ihre Arbeit zu unterbrechen. »Es muss nur noch Käse drüber und dann für eine halbe Stunde in die Röhre damit.« Sie warf einen Blick über die Schulter und lächelte ihn an. »Erzählen Sie doch einfach ein wenig über sich, während ich hier Hausfrau spiele«, forderte sie Marco auf.

Marco schilderte kurz, warum er in Gramstein war, verschwieg aber das Erlebnis im Wald. Als er von der

Drudnhöhle erzählte, drehte sich Linda interessiert zu ihm um.

»Waren Sie schon dort?«, unterbrach sie ihn.

»Ja, erst heute«, antwortete Marco. »Warum fragen Sie?«

»Weil ich dort oben ein seltsames Erlebnis hatte«, sagte Linda. »Es ist schon einige Jahre her. Es war das erste und einzige Mal, dass ich dort war. Seitdem habe ich keine große Lust mehr, die Höhle und den schrecklichen alten Baum wiederzusehen.«

Marco forderte Linda auf, ihm ihr Erlebnis zu schildern.

»Am besten wird es sein, wenn ich ganz von vorne beginne. Sie haben sicher draußen den obersten Stein im Giebel gesehen. In ihn ist ein Relief gemeißelt. Ein Frauenkopf! Das Haus ist schon fast neunhundert Jahre alt, man nennt es auch das Wachhaus. Meine Großmutter, die vor mir in dem Haus gewohnt hat, hat mir mehr von diesem Frauenbildnis erzählt. Der Kopf soll die erste Bewohnerin des Hauses darstellen. Ihr Name war Gerlande, und sie war wirklich eine Wächterin. Sie hat das Dorf von dem Bösen, das vor einigen hundert Jahren aus dem Wald gekommen war, befreit. Seitdem sieht das gemeißelte Frauenbildnis in die Richtung des Waldes, damit die bösen Kräfte niemals wieder ins Tal kommen können.« Sie sah Marco, der interessiert zugehört hatte, mit prüfendem Blick an. »Eine fantastische Geschichte, die mir da meine Großmutter erzählt hat, nicht wahr?«

»Genau nach meinen Geschmack«, sagte Marco nachdenklich. »Das Böse aus dem Wald hatte doch bestimmt etwas mit der Höhle in der Finstermail zu tun. Wissen Sie darüber vielleicht auch etwas?«

Linda zog die Mundwinkel zu einem kurzen Lächeln nach oben. »Ich halte den größten Teil dieser Geschichten für Legenden. Aber vor einigen Jahren hatte ich dort oben im Wald ein Erlebnis, nach dem ich mir sicher bin, dass an dieser Geschichte vielleicht mehr wahr ist, als mir lieb ist. Meine Großmutter warnte mich schon als Kind, wenn ich zu Besuch war, nicht zu weit in den Wald zu gehen, dort gäbe es einen bösen Ort, der mir gefährlich werden könnte. Eines Tages – ich war damals etwa zwanzig Jahre alt – geriet ich während eines Spaziergangs in die Nähe der Drudnhöhle. Ich kam auf eine Lichtung, die Sie sicher auch gesehen haben. Dort stand diese uralte Eiche. Irgendetwas zog mich zu diesem Baum. Ich hatte das Gefühl, mich in einem unsichtbaren Spinnennetz zu befinden. Und dann ...« Sie wurde etwas unsicher und sah zu Marco, der ihr aber aufmunternd zunickte. »Und dann hörte ich eine Stimme, aber es war keine reale Stimme. Sie existierte nur in meinem Kopf. Und ich konnte auch keine Wörter unterscheiden. Ich wusste nur, dass diese Stimme mich verhöhnte und verspottete. Dabei hatte sie einen drohenden Unterton.

Ich bekam furchtbare Angst, konnte mich aber einfach nicht bewegen. Ich stand wie gebannt vor dem Baum und hörte die grausame Stimme in meinem Kopf. Es war eine Frauenstimme, das bildete ich mir jedenfalls ein. Ich versuchte, die Einflüsterungen zu ignorieren. Mir fielen die Geschichten ein, die mir meine Großmutter erzählt hat, und ich wusste jetzt, dass sie recht gehabt hatte, als sie behauptete, dass hier im Wald eine Bedrohung lauerte. Ich dachte auch an Gerlande, meine Vorfahrin, und dieser Gedanke schien die fremde Stimme zurückzudrängen. Ich hielt an diesem Gedanken fest und malte mir in meiner Vorstellung aus, wie Gerlande ausgesehen haben mochte. Den Kopf kannte ich ja von dem Bildnis an dem Haus. Der Ausdruck der Stimme in meinem Kopf änderte sich, mir erschien es fast, als wäre sie ängstlich geworden. Sie wurde leiser und ich bemerkte, wie der Bann von mir abfiel.

Schließlich stand ich wie aus einem bösen Traum erwacht da. Erst jetzt bemerkte ich, dass ich einen schweren Stein aufgehoben hatte und ihn mit beiden Händen vor meine Stirn hielt. Ich weiß nicht, was passiert wäre, wenn ich weiter unter diesem Einfluss gestanden hätte. Vermutlich hätte ich versucht, mir mit dem Stein den Kopf einzuschlagen.« Linda hörte auf zu sprechen. Ihr Gesicht drückte die Angst und das Entsetzen aus, die diese Erinnerungen in ihr weckten. Sie setzte sich und unwillkürlich ergriff Marco ihre Hand, drückte sie leicht und versuchte ein Lächeln.

Sie sah Marco an. »Halten Sie mich jetzt für verrückt?«, wollte sie wissen. Marco schüttelte mit ernster Miene den Kopf.

»Überhaupt nicht, Linda«, sagte er. »Ich bin nur froh, dass es Ihnen damals gelungen ist, der Gefahr zu entkommen. Und ich bin mir sicher, dass diese Gefahr real war. Das müssen Sie mir glauben.« Marco machte eine kleine Pause. »Vor allem, wenn ich Ihnen erzähle, was ich heute in der Finstermail gesehen habe. Der Baum existiert nicht mehr, besser gesagt, er wurde zerstört. Ein Blitz hat ihn gespalten.«

Linda atmete erleichtert auf. »Und diese böse Ausstrahlung ist vielleicht verschwunden!«

Marco schüttelte nachdenklich den Kopf. »Der Baum wurde zerstört. Aber ich weiß nicht, ob wir uns darüber freuen sollten. Ich habe in den Wurzeln des Baumes etwas gefunden, das mich beunruhigt hat. Und nachdem

Sie mir Ihr Erlebnis erzählt haben, glaube ich, dass ich mehr als gute Gründe für meine Unruhe habe.« Er sah Linda an, die mit weit geöffneten Augen dasaß. Marco wollte ihr jetzt nicht noch mehr zumuten – er sah, dass Linda bereits verängstigt war.

»Ich muss mehr darüber erfahren, was dort oben vor neunhundert Jahren vorgefallen ist«, sagte er, um dem Gespräch eine etwas andere Richtung zu geben. »Vielleicht können Sie mir helfen.« Linda begann wieder lockerer zu werden.

»Gibt es irgendwelche alte Aufzeichnungen?«, fuhr Marco fort. »Oder hat Ihnen Ihre Großmutter noch weitere Einzelheiten erzählt? Woher wusste sie eigentlich von diesen Geschehnissen?«

Linda saß mit nachdenklicher Miene da und stützte das Kinn auf ihre Hand.

»Meine Großmutter wusste sehr viel«, sagte sie dann. »Manchmal denke ich, sie hätte mir noch viel mehr erzählen können, wollte es aber nicht. Sie war eine geheimnisvolle Frau. Aber leider ist sie nun tot und wird uns nicht mehr helfen können.« Sie überlegte wieder, dann hellte sich ihre Miene auf.

»Die Tagebücher«, rief sie dann. »Großmutter hat viel geschrieben. Sie schrieb jeden Abend in einem dicken Buch ihre Erlebnisse auf. Vielleicht steht ja in den Tagebüchern mehr über Gerlande und die böse Kraft in der Finstermail.«

»Sie haben diese Bücher?«, fragte Marco erwartungsvoll.

»Ich habe sie nie gelesen«, antwortete Linda. »Aber sie müssen noch hier im Haus sein. Auf dem Dachboden stehen noch einige Kisten aus dem Nachlass. Ich bin bis jetzt nicht dazu gekommen, sie zu öffnen. Ich hatte viel zu viel mit der Renovierung des Hauses zu tun.«

Linda blickte nachdenklich zum Fenster, hinter der Scheibe war nur noch die Schwärze der Nacht zu sehen. Marco folgte ihrem Blick.

»Diese Berichte könnten sehr hilfreich sein«, warf er ein. »Es könnte nämlich sein, dass gerade jetzt die Bedrohung für das Dorf und das Tal wieder größer wird. Ich denke, in diesem Fall hätte Ihre Großmutter sicher nichts dagegen, wenn jemand ihre Aufzeichnungen lesen würde.« Linda nickte entschlossen.

»Sie haben recht, Marco«, sagte sie. »Ich werde sehen, dass ich die Bücher finde und sie Ihnen mitgeben. Sie wissen sicher am besten, wonach Sie darin suchen müssen. Und da Sie meine Großmutter nicht gekannt haben, kann sie vor Ihnen auch nicht bloßgestellt werden. Obwohl ich kaum glaube, dass Großmutter jemals etwas getan hat, das dazu geeignet gewesen wäre.«

Plötzlich zog sie die Nase kraus. »Was riecht denn hier …? Oh Gott, die Lasagne, ich habe sie völlig vergessen!« Sie sprang auf und eilte zum Herd. Schnell drehte sie das Gas ab und öffnete die Klappe zur Bratröhre. Mit flinken Händen ergriff sie zwei Topflappen und zog die Auflaufform heraus.

»Gott sei Dank«, sagte sie dann erleichtert. »Sie ist nicht verbrannt. Goldbraun überbacken, würde ich sagen! Aber ich denke, sie ist noch genießbar.«

Die Lasagne schmeckte wunderbar. Es gab Salat dazu und Linda hatte eine Flasche Weißwein geholt. Während sie aßen, unterhielten sich Linda und Marco über ihre Studienzeit. Sie stellten fest, dass sie beide in München studiert hatten und auch manchmal in denselben Studentenlokalen gewesen waren. Das gute Essen und die lockere Unterhaltung ließen beide die düsteren Gedanken vergessen.

Marco gefiel diese junge, selbstbewusste Frau. Sie war gesprächig, lachte viel, wenn sie erzählte. Die Müdigkeit, die sie bei Marcos Ankunft noch beherrscht hatte, schien völlig von ihr abgefallen zu sein.

Das Haus war so gemütlich, dass er nur mit Widerwillen daran dachte, heute Nacht wieder in das spartanische Gasthofzimmer zurückzukehren. Doch als es schon fast Mitternacht war und Linda wieder einige Male herzhaft gegähnt hatte, erhob sich Marco.

»Ich sehe, dass Sie müde sind«, sagte er. »Ich werde mich dann wohl besser verabschieden.«

»Sie müssen wohl nie schlafen«, lachte Linda, der Wein hatte ihre Wangen leicht gerötet. »Sie haben recht, ich bin ziemlich müde. Ich werde gleich morgen die Tagebücher suchen, und wenn Sie möchten, kommen Sie zum Frühstück vorbei. Dann können Sie die Bücher abholen.«

»Gerne«, antwortete Marco. »Ich möchte aber Ihre Gastfreundschaft nicht überstrapazieren.«

»Keine Sorge«, sagte Linda und begleitete Marco zur Tür. »Wenn Sie mir lästig werden, sage ich das sofort.« Als Marco sich zum Gehen anschickte, ergriff sie seinen Arm. »Eins noch«, flüsterte Linda und drückte ihm einen zarten Kuss auf die Wange. »Ich finde Sie sehr nett!«

*

Auch in dieser Nacht war Henning noch wach. Er saß an dem kleinen altmodischen Tisch, der mit zu der mageren Möblierung des Gasthofzimmers gehörte. Vor ihm stand der Wodka. Ab und zu führte er die Flasche zum Mund. Henning trank nicht mehr, um betrunken zu werden. Er befand sich seit der Begegnung mit Uhsa in einem andauernden Rauschzustand. Schlaf brauchte er kaum noch und der Alkohol schwächte ihn nicht. Er genoss diesen Zustand, er erlaubte ihm so viel Schnaps zu trinken, wie er wollte und er fühlte sich trotzdem fit. Dass er die meiste Zeit nur noch in seinem Zimmer saß und vor sich hin starrte, fiel ihm nicht auf.

Ein Gefühl der Zufriedenheit durchströmte ihn und seine Hand tastete zu dem Amulett, das um seinen Hals hing. Es lag warm auf seiner Brust, fast wie ein lebendes Wesen, und wenn er es berührte, fühlte er das leichte Pulsieren, das von dem runden Steinschmuck ausging. Er betrachtete ihn. An einem einfachen Lederband hing ein flacher runder Stein, in den rätselhafte Zeichen geschnitten waren. Henning wusste nicht, was sie bedeuteten. Uhsa hatte es ihm in jener Nacht umgehängt, als Zeichen, dass er ab jetzt nur noch ihr gehören würde. Henning störte das nicht. Er machte sich auch keine Gedanken darüber, dass er sich offensichtlich mit einer Hexe oder Zauberin eingelassen hatte. Das Amulett schien ihm die Kraft zu geben, die seinen Körper durchströmte. In diesem Zustand fühlte er sich unbesiegbar.

Bis jetzt hatte alles wunderbar geklappt. Diese Linda hatte ihn einfach so in ihre Wohnung gelassen. Und dann war es ihm mühelos gelungen, das Mittel, mit dem Linda willenlos gemacht werden sollte, an den richtigen Platz zu bringen. Dank seiner Verstellung hatte sie wahrscheinlich keinen Verdacht geschöpft, dass er ihr etwas Böses wollte. Das wollte er ja auch nicht! Ihm war es völlig gleichgültig, was mit der Frau geschah. Er führte lediglich einen Auftrag aus. Jetzt brauchte er nur bis zum nächsten Morgen zu warten, dann konnte er Linda abholen.

»Ralf, du bist der Größte«, prostete er sich zu. Bald würde er Linda in den Wald zu Uhsa bringen, und dann würde er reich sein, steinreich!

Er glaubte nicht, dass es irgendjemanden gelingen könnte, seine Pläne zu durchkreuzen.

7 . KAPITEL

Sie war wieder auf der Lichtung. Es war dunkel, aber Linda konnte erstaunlicherweise alles gut erkennen. Es war die gleiche Lichtung, auf der sie vor einigen Jahren gewesen war und jenes beunruhigende Erlebnis gehabt hatte. Nur die alte Eiche fehlte. Stattdessen konnte Linda nur ein tiefes Loch sehen, aus dem ein grünes Licht strahlte. Linda näherte sich der Grube. Dabei hatte sie das Gefühl, nicht zu gehen, sondern zu schweben. Sie sah an sich herab. Ihre Füße waren nackt und sie trug ein weißes Kleid, das ihr fremd war.

Warum habe ich keine Schuhe an?, fragte sie sich. Langsam kam sie der Grube näher und bald würde sie erkennen können, was dieses seltsame Licht verströmte.

Urplötzlich erfüllte sie Furcht, sie wollte nicht sehen, was dort war, aber das Licht zog sie magisch an.

Ich will wegrennen, dachte sie, doch die Beine gehorchten ihr nicht. Ihre Furcht verwandelte sich in Panik. Sie war sich sicher, dass sie den Anblick, der sie erwartete, nicht ertragen würde. Doch dann hatte sie die Vertiefung im Boden erreicht und ihre Augen wanderten unaufhaltsam nach unten.

Nein, dachte Linda, ich will da nicht hineinsehen, ich will es nicht! Aber sie konnte nicht verhindern, dass es doch geschah. Der Schreck durchfuhr sie wie ein schmerzhafter Stich, als sie sah, was auf dem Boden der Grube lag. Es war eine Holzkiste, deren Holz mit Pech eingestrichen war, und in der Kiste lag eine Frauengestalt. Plötzlich riss die Gestalt die Augen weit auf und starrte mit einem hässlichen Lächeln zu Linda hinauf. Dann öffnete sie die Lippen und eine dunkle Frauenstimme ertönte.

»Du wirst mich nie besiegen, Wächterin«, höhnte die Stimme. »Im Gegenteil, ich werde dich zu mir holen, und dann werde ich dich töten, Gerlande — oder wie immer du dich jetzt auch nennen magst!« Dann brach sie in ein schallendes Gelächter aus.

Endlich konnte sich Linda von dem Anblick lösen und begann zu rennen. Aber die Stimme verfolgte sie, das höllische Lachen wurde lauter und erfüllte bald ihren ganzen Kopf, der zu dröhnen und zu schmerzen begann. Lindas Entsetzen wuchs.

Nein, sie würde dieser Frau nicht entkommen, niemals! Linda begann selbst zu schreien und …

… wachte auf! Sie fuhr in ihrem Bett hoch.

Ein Traum!, schoss es ihr durch den Kopf. Sie hatte nur geträumt! Linda sah um sich — es war schon wieder Morgen und draußen war es bereits hell. Schwer atmend saß sie eine Weile nur da und versuchte den schrecklichen Alb loszuwerden, der auf ihr lastete. Sie hatte furchtbare Kopfschmerzen und fühlte sich, als hätte sie die Nacht wirklich mit Rennen verbracht, anstatt zu schlafen.

Die Kopfschmerzen rasten in ihrem Kopf und Linda bemerkte, dass ihr übel war. Sie erhob sich und musste sich abstützen, um nicht zu fallen, so sehr schwankte sie. Dann taumelte sie zur Toilette und übergab sich. Das Würgen hielt lange an, auch nachdem ihr Magen schon völlig leer war.

Erschöpft erhob sie sich, tastete sich zum Waschbecken, um sich das Gesicht mit kaltem Wasser abzuspülen. Als ihr Blick in den Spiegel über dem Becken fiel, erschrak sie. Sie sah hundeelend aus. Ihr Gesicht war bleich, die Farbe glich grauem Papier. Ihre Nase stach spitz aus dem eingefallenen Gesicht. Die Augen lagen tief in ihren Höhlen und waren von dunklen, fast schwarzen Rändern umgeben. Immer wieder rieb sie sich das Gesicht mit kaltem Wasser ab, aber die Haut blieb blass und bleich.

Das Wochenende werde ich wohl im Bett verbringen, dachte sie schwerfällig, ihr Schädel war wie mit Stahlwolle gefüllt, die an ihren Nervenenden kratzte. Sie schwankte zurück zum Bett. Ihre Füße waren schwer und ließen sich nur mühsam dazu bewegen, sich vom Boden zu lösen. Sie war so wacklig auf den Beinen, dass sie umknickte und zu Boden fiel. Ihre Kopfschmerzen begannen wieder mit neuer Kraft zu hämmern. Auf den Knien drehte sie sich um, um zu sehen, worüber sie da gestolpert war. Mit geöffneten Seiten lag ein Buch vor ihr. Linda erkannte es sofort, es war die Sammlung von Kindermärchen, die sie schon seit frühester Kindheit besaß. Linda lächelte schwach, als sie die geöffnete Seite betrachtete. Die Geschichte von der Prinzessin auf der Erbse war dort aufgeschlagen worden. Linda kannte das Märchen gut, sie hatte es sich als Kind immer wieder von ihrer Großmutter vorlesen lassen. So ähnlich wie sie selbst musste sich die Prinzessin gefühlt haben, als sie auf den Matratzen geschlafen hatte, unter denen eine Erbse lag.

Linda machte sich nicht die Mühe aufzustehen und kroch zum Bett, das Buch in der Hand. Mit einem Stöhnen ließ sie sich auf das Kissen fallen. Sie würde sich noch etwas ausruhen, dann würde es ihr bald wieder besser gehen.

Aber es wurde nicht besser. Als sie dalag, wurde der Schwindel wieder stärker, der Raum begann sich um sie zu drehen und sie fühlte wieder die Übelkeit aufsteigen. Sie fragte sich, was mit ihr los war?

Sie öffnete das Märchenbuch und versuchte zu lesen, das hatte ihr immer gutgetan. Aber heute wollte es ihr einfach nicht gelingen. Die Buchstaben verschwammen vor ihren Augen und die Wörter schienen über die Seite zu tanzen. Sie konnte gerade mit Mühe den Titel zusammensetzen. Aber auch nur deswegen, weil sie wusste, wie er lautete: *Die Prinzessin auf der Erbse!*

Seltsam − als sie am Boden gelegen hatte, hatte sie keine Schwierigkeiten gehabt, das Geschriebene zu entziffern. Sie hatte den Eindruck, als ginge es ihr im Bett schlechter.

Linda schloss die Augen, um zu dösen. Doch die Kopfschmerzen rasten durch ihren Kopf, und von dort aus lud sich ihr ganzer Körper mit Schmerz auf. Ihre Finger und Beine zuckten ab und an, wenn der Schmerz zu stark wurde. Trotzdem glitt sie für eine kurze Weile in einen Dämmerzustand, der aber keineswegs erholsam war. Worte taumelten wie Betrunkene durch ihren Geist.

Prinzessin, Prinzessin! Die Erbse, unter der Matratze! Linda öffnete wieder die Augen. Warum musste sie immer an dieses Märchen denken? Ihr Zustand würde ja wohl kaum von einer Erbse unter ihrer Matratze herrühren.

Keine Erbse, kam der nächste Gedanke, langsam und schwerfällig. Vielleicht war es keine Erbse!

Linda versuchte aufzustehen, aber ihr Körper wurde wie von einem riesigen Magneten im Bett festgehalten. Es kostete ihre ganze Willenskraft, sich aufzusetzen und eine

Zeitlang saß sie nur auf dem Bett. Ihr Gehirn bestand nur noch aus Schmerzen, die es ihr unmöglich machten, einen klaren Gedanken fassen.

Schließlich nahm sie ihre letzte Kraft zusammen und ließ sich aus dem Bett fallen. So kauerte sie eine Zeitlang reglos auf dem Boden und tatsächlich: Die Kopfschmerzen ließen allmählich nach.

Hoffentlich muss ich das niemandem erzählen, dachte sie, als sie mühsam die Hände unter die Matratze schob, um sie hochzuheben. Sie saß immer noch am Boden und sie war so schwach, dass es ihr nicht gelang, die schwere Matratze auch nur einen Zentimeter hochzustemmen.

Du schaffst es nicht, dachte sie. Warum auch, denkst du wirklich, du findest etwas unter dem Polster?

Ja, da musste etwas sein, antwortete sie sich selbst. Und sie musste herausfinden, was es war!

*

Marco hatte sich gerade angezogen, um pünktlich zum Frühstück bei Linda anzukommen, als es an der Tür klopfte.

»Herr Ringer«, erklang Rabes Stimme von draußen. »Telefon für Sie. Die Frau Bauer.«

»Ich komme sofort«, rief Marco. »Sagen Sie ihr, dass ich in einer Minute am Telefon bin.«

In dem Gasthof gab es keine Apparate auf den Zimmern. Das einzige Telefon stand unten im Gastzimmer. Marco beeilte sich, in seine Schuhe zu schlüpfen und lief die Treppe hinunter. Er verschnaufte kurz und ergriff dann den Hörer, den Rabe ihm entgegenhielt. Der Wirt machte keine Anstalten, sich zurückzuziehen. Er trat nur zwei Schritte zur Seite und blieb dann stehen. Völlig ungeniert hörte er zu, was sein Gast am Telefon zu besprechen hatte.

»Linda«, sagte Marco in die Muschel. »Was ist? Gerade wollte ich zu Ihnen kommen. Sie wissen ja, Frühstück!«

Seine Miene verfinsterte sich, als er hörte, was Linda ihm zu sagen hatte.

»Natürlich«, nickte er. »Ich komme natürlich sofort. Versuchen Sie sich inzwischen zu erholen. Ich gehe sofort los! Es wird nur zehn Minuten dauern.«

Marco warf den Hörer auf die Gabel, entschuldigte sich kurz bei Rabe, der in nächster Nähe einige Gläser abstaubte, dann lief er auf die Straße.

Im Dauerlauf überquerte er den Dorfplatz, bog in die schmale Straße ein, die zu Lindas Haus am Rand des Dorfes führte. Ein unbestimmtes Gefühl sagte ihm, dass es bei Lindas Unwohlsein nicht mit rechten Dingen zuging. Er wusste es nicht genau, aber er vermutete einen Zusammenhang mit den Vorfällen im Wald. Marco war sportlich und so atmete er nur etwas schneller, als er am Ziel ankam.

Linda hatte am Telefon gesagt, dass die Verandatür immer offen stehe. Und von dort aus betrat er auch das Haus.

Er fand Linda in ihrem Arbeitszimmer. Sie saß auf dem Boden, den Rücken an den Schreibtisch gelegt und hielt immer noch den Telefonhörer in der Hand. Sie bemühte sich um ein Lächeln, aber sie war offensichtlich so erschöpft, dass kaum mehr als ein leichtes Zucken ihrer Lippen dabei herauskam.

Schnell eilte Marco zu ihr und beugte sich über sie.

»Was ist geschehen, Linda?«, fragte er besorgt. »Entschuldigen Sie, aber Sie sehen wirklich zum Fürchten aus.« Linda saß mit bleichem, verzerrtem Gesicht da, das große Schmerzen ausdrückte.

»Mein Kopf«, flüsterte sie. »Und mein Magen – mir ist so schlecht wie noch nie in meinem Leben. Vielleicht die Lasagne ...« Marco schüttelte den Kopf. Er bemerkte einen unangenehmen, muffigen Geruch, der in dem Zimmer lag. Mit zwei Schritten war er beim Fenster und öffnete es weit. Dankbar atmete Linda die frische Luft ein.

»Das Essen von gestern Abend war in Ordnung«, sagte er. »Sie scheinen krank zu sein. Es ging ihnen doch gestern schon nicht besonders. Vielleicht ist es eine Grippe.« Marco glaubte selbst nicht recht an seine Worte, denn Linda machte eher den Eindruck, als wäre sie vergiftet worden. Aber er wollte die junge Frau mit seinen Vermutungen nicht unnötig ängstigen.

»Warum liegen Sie nicht im Bett? In Ihrem Zustand ...« Linda schüttelte heftig den Kopf, dann hörte sie abrupt damit auf, die Bewegung bereitete ihr offensichtlich Schmerzen.

»Nicht ins Bett«, kam es leise von ihren Lippen. »Dort wird alles nur noch schlimmer. Bitte Marco ...«

Sie sprach so leise, dass Marco sie kaum verstehen konnte. Er näherte seinen Kopf ihrem Mund, sodass sie sich beim Reden weniger anstrengen musste.

»Sie halten mich vielleicht für nicht ganz richtig im Kopf«, sprach Linda weiter. »Aber Sie müssen etwas für mich tun.« Marco nickte nur kurz und zustimmend. Sie blickte ihn mit ihren großen, blaugrauen Augen, die tief in ihren Höhlen lagen, an. »Sehen Sie unter der Matratze nach. Vielleicht finden Sie dort etwas ...«

Marco sah die Frau mit fragendem Blick an, aber die senkte nur die Lider und flüsterte: »Bitte – da ist etwas!

Ich—ich kann es spüren. Aber ich bin zu schwach, um selbst nachzusehen.«

Das Bett stand nur wenige Schritte vom Schreibtisch entfernt. Es war zerwühlt, die Kissen zerdrückt und die gemusterte Decke lag zusammengeknüllt am Fußende. Marco ging auf das Bett zu und hatte den Eindruck, als würde der üble Geruch, der im Zimmer hing, von dort ausgehen. Dann wuchtete er die Matratze hoch und blickte auf den Lattenrost.

Und Marco wurde tatsächlich fündig! In der Mitte des Lattenrostes war mit einer dünnen Schnur ein kleiner Leinenbeutel festgebunden. Ob das der Grund für Lindas Zustand war?

Marco bemerkte eine Bewegung an seiner Seite. Es war Linda, die heran gekrochen war und mit großen Augen den Fund anstarrte. Dann gab sie ein würgendes Geräusch von sich und fiel zu Boden.

Erschrocken beugte sich Marco zu der jungen Frau hinab. Sie atmete schwer, also war sie nur ohnmächtig geworden. Um seinen Fund würde er sich später kümmern, zunächst musste er etwas für Linda tun. Vorsichtig schob er seine Arme unter ihren Körper und hob sie hoch. Dabei ruhte sein Blick lange auf dem zarten Gesicht. Trotz der dunkel geränderten Augenpartie und der blassen Lippen wirkte die junge Frau auf seinen Armen immer noch anziehend.

Marco brachte sie auf die Veranda, wo er sie auf eine Campingliege legte. Mithilfe einiger Kissen brachte er sie in eine Seitenlage. Die frische Luft im Freien tat Linda sicherlich gut.

Nachdem er sich vergewissert hatte, dass Linda richtig lag und auch wieder gleichmäßig atmete, begab er sich wieder zu dem Bett. Beim Betreten des Zimmers stach wieder dieser faulige Geruch in die Nase. Auch das geöffnete Fenster konnte ihn nicht ganz verschwinden lassen.

Vorsichtig löste Marco die Schnur, mit dem der Leinenbeutel an dem Lattenrost befestigt war. Es widerstrebte ihm, den Gegenstand mit bloßen Händen zu berühren. Deshalb eilte er in die Küche und holte einen dicken, gepolsterten Küchenhandschuh. Dann trug er den Beutel in der geschützten Hand auf die Veranda, wo er ihn auf den Tisch legte.

Er warf einen Blick zu Linda, die jetzt den Eindruck einer Schlafenden machte. Die kühle Herbstluft verbesserte sichtlich ihr Befinden, denn langsam bekamen ihre Wangen wieder etwas Farbe. Dann wandte er sich wieder dem Gegenstand zu, der mit ziemlicher Sicherheit für Lindas Zustand verantwortlich war.

Auf den ersten Blick machte das Säckchen aus Leinen einen unscheinbaren Eindruck. Auch von dem Geruch war hier draußen nichts zu bemerken. Er wurde von dem leichten Wind, der über die Veranda strich, verweht. Marco entschloss sich, den Beutel zu öffnen. Als Erstes fiel ihm der kunstvoll geknüpfte Knoten auf, der den Stoff am oberen Ende zusammenband. Marco konnte sich nicht entsinnen, einen solchen Knoten schon vorher gesehen zu haben. Womöglich war hier schwarze Magie im Spiel! Marco wusste, dass er sehr vorsichtig sein musste, wenn er den Inhalt untersuchen wollte. Aus der Küche holte er sich eine Schere, mit der er den Knoten zerschnitt. Er vermutete, dass er damit schon einen Teil der Wirkung gedämpft hatte.

Dann ergriff er mit der Hand, an der er den Handschuh trug, den unteren Zipfel des Beutels und hob ihn daran hoch. Mit einem leichten Rascheln fiel der

Inhalt auf die Tischplatte. Dann folgte ein Klappern, als ein kleiner, runder Stein herausfiel. Marco betrachtete den Stein näher. Es war ein runder, glatter Kiesel, in den etwas eingeritzt war. Die Zeichen waren mit einer roten, stumpfen Farbe frisch bemalt worden. Marco nickte grimmig, als er das Zeichen erkannte.

Während seines Geschichtsstudiums hatte Marco sich auch mit alten Sprachen und Schriftzeichen beschäftigt. Er konnte alt- und mittelhochdeutsch lesen, hatte sich mit keltischen Symbolen beschäftigt und natürlich mit Runen, den germanischen Buchstaben. Er wusste, dass Runen nicht nur als Schriftzeichen verwendet wurden, sondern in der germanischen Kultur als kraftvolles Zaubermittel verwendet wurden. Jede Rune hatte ihre magische Bedeutung und bestimmte Runenkombinationen galten als mächtige magische Hilfsmittel.

Auf dem Stein war eine solche Runenkombination eingeritzt worden, und die Vertiefungen anschließend mit einer roten Flüssigkeit bestrichen worden.

Es war *Thorn-Hagal*, die Rune der Zerstörung! Marcos Verdacht hatte sich bestätigt: Er hatte es hier mit vorchristlicher, germanischer Magie zu tun! Linda war offensichtlich mithilfe eines Zaubersteins angegriffen worden.

Marco machte sich daran, den weiteren Inhalt zu untersuchen. Er bestand zum größten Teil aus getrockneten Kräutern und Pflanzenteilen. Aber Marco glaubte auch einige Zutaten tierischen Ursprungs zu erkennen.

»Marco?« Eine leise Stimme drang an sein Ohr. Er wandte sich zu Linda um. Sie hatte sich aufgesetzt und rieb sich die Stirn. Sie hatte sich anscheinend wieder gut erholt. Dieser Zauber schien glücklicherweise keine ernsten Nachwirkungen zu haben, wie Marco hoffte.

»Ich war bewusstlos, nicht wahr?«

»Das stimmt«, nickte Marco. »Aber Ihnen scheint es schon wieder sehr viel besser zu gehen. Wie fühlen Sie sich!«

»Ich habe noch etwas Schädelbrummen, aber die Übelkeit und der Schwindel sind verschwunden.« Sie konnte schon wieder lächeln. »Ich denke, mir fehlt nichts, was man nicht mit einer Tasse starken Kaffees beheben könnte.«

Marco stand erleichtert auf. »Ich werde gleich mal die Kaffeemaschine anwerfen!«

Aber Linda winkte ab. »Der Kaffee hat Zeit. Aber du könntest mir einen anderen Gefallen tun.«

»Jederzeit, Linda! Was Sie wollen!« Marco war froh, dass es Linda schon wieder so gut ging. Sie sah ihm jetzt in die Augen. »Lass dieses dämliche Sie! Und jetzt musst du mir zeigen, wie diese Erbse unter meiner Matratze aussieht.« Sie war aufgestanden und wickelte die Decke, mit der Marco sie zugedeckt hatte, um ihren Körper.

»Das Letzte, was ich sah, bevor ich einfach umgefallen bin, war ein kleiner Beutel«, sagte sie, als sie näher kam. Sie verzog das Gesicht zu einer angeekelten Grimasse, als sie auf den Tisch blickte.

»Was ist das?«, fragte sie und deutete kurz auf das Häufchen. »Waren diese Sachen in dem Beutel?«

Marco nickte. »Was du hier siehst, ist eine Sammlung heimischer Giftpflanzen. Tollkirschen, Stechapfelsamen, Einbeeren und noch einige Wurzelteile, die ich nicht genau identifizieren kann. Alle sind sie getrocknet.«

»Aber das kann doch nicht der alleinige Grund dafür sein, dass es mir so schlecht ging. Ich hab die Sachen ja nicht gegessen!«

»Da hast du recht! So wie die Sachen jetzt hier liegen, können sie niemandem schaden. Aber in diesem Fall macht's die Mischung! Und das hier!« Marco hob den Runenstein auf und zeigte ihm Linda. Die sagte nichts und wartete Marcos weitere Erklärungen ab.

»Das ist ein germanischer Zauberstein. Runen wurden hineingeritzt und anschließend bemalt, ich nehme an, mit Blut«, fügte er hinzu und Linda wich zurück. »Es sieht ganz so aus, als wollte dir ein Zauberkundiger Schaden zufügen!«

»Aber das ist doch Blödsinn«, rief Linda ungläubig aus. »Wer sollte denn dieser geheimnisvolle Zauberkundige sein, von dem du da sprichst. Vielleicht eine Hexe?«

»Ich kann deine Zweifel verstehen. Aber die Wirkung dieses magischen Beutels war wohl eindeutig.« Er sah Linda an. »Kennst du vielleicht irgendjemanden, der sich mit solchen Dingen beschäftigt?«

Linda dachte nach und schüttelte langsam den Kopf. »Wenn meine Großmutter noch leben würde ... Sie hat sich vielleicht mit solchen Dingen beschäftigt.« Sie lächelte, als sie sich erinnerte. »Sie war eine richtige Kräuterhexe. Aber sonst fällt mir niemand ein. Ich kann mir auch nicht vorstellen, dass irgendjemand hier im Dorf ...« Plötzlich verstummte sie und ihre Augen weiteten sich erschrocken.

»Was ist?«, fragte Marco. »Was ist dir eingefallen?«

»Nein«, murmelte Linda, »das kann nicht sein. Das war doch nur ein Traum.«

»Auch Träume können manchmal Wahrheiten enthalten«, erwiderte Marco.

Mit besorgter Miene erzählte Linda ihren Albtraum, in dem sie wieder auf der Lichtung gewesen war und von der geheimnisvollen Frauengestalt bedroht wurde.

»Aber ich kann kaum glauben, dass diese Traumgestalt irgendwie in mein Haus eingedrungen ist und ihren Zauberbeutel unter meine Matratze gelegt hat«, schloss Linda ihren Bericht.

»Das ist auch nicht anzunehmen«, entgegnete Marco. »Aber du solltest diesen Traum sehr ernst nehmen.« Er holte einen alten Blumentopf, räumte die getrockneten Teile vom Tisch in den Topf. Dann warf er die Überreste des Leinenbeutels hinterher und bat Linda um ein Feuerzeug.

»Da ist noch etwas«, sagte Linda nachdenklich und gab Marco das Feuer. Er stellte den Topf etwas abseits auf den Boden der Veranda und zündete den Inhalt an. Schwarzer Qualm stieg auf, als die Pflanzenteile und der Stoff darin Feuer fingen.

»Die Gestalt hat mich mit einem Namen angesprochen. Aber sie sagte nicht Linda zu mir, sondern Gerlande!« Sie überlegte kurz. »Und sie bezeichnete mich als Wächterin!«

»Gerlande!« Marco blickte auf. »Das ist der Name deiner Ahnin, von der das Relief am Giebel hängt!« Linda nickte.

»Die Sache wird immer rätselhafter.«

»Das finde ich nicht«, sagte Marco. »Es gibt irgendeine Verbindung zwischen dir und dieser Kraft, die im Wald haust. Davon bin ich überzeugt! Du hast mir erzählt, dass die böse Zauberin, die in der Drudnhöhle lebte, von Gerlande besiegt wurde.« Marco machte eine nachdenkliche Pause und fuhr fort. »Ich habe eine Vermutung. Sie klingt zwar fantastisch, aber würde einiges erklären. Was ist, wenn diese Zauberin oder Hexe wieder zurückgekehrt ist – wenn Gerlandes Sieg nur ein zeitlich begrenzter war?«

Linda wiegte zweifelnd den Kopf. »Dann müsste man davon ausgehen, dass diese alte Legende wahr ist. Und dann bleibt noch die Frage: Was könnte dieses Wesen gegen mich haben? Warum könnte sie mir schaden wollen?« Sie schüttelte den Kopf. »Die ganze Sache ergibt keinen Sinn. Auf der anderen Seite war die Übelkeit heute Morgen durchaus real«, sagte sie mit einem Blick auf den Blumentopf, aus dem nur noch leichter Rauch aufstieg. »Wer könnte diesen Beutel nur in die Wohnung gebracht haben?«

»War gestern oder in den letzten Tagen jemand bei dir, der infrage käme?« wollte Marco wissen.

»Da war nur dieser Henning«, antwortete Linda zögernd.

»In der vorletzten Nacht«, warf Marco ein. »Aber der ist ja gar nicht bis ins Haus gekommen!«

»Nein, nein!« Linda schüttelte den Kopf. »Hör zu! Er war gestern Nachmittag noch mal hier!«

»Was? Und das fällt dir erst jetzt ein?« Marco war aufgesprungen. »Was hat er gewollt?«

»Er entschuldigte sich für seinen Auftritt in der vorherigen Nacht. Angeblich wollte er mir nur eine Einladung zukommen lassen. Na, ich halte diesen Typen für nicht ganz richtig im Kopf. Dann wollte er mir als Geschenk eine Versicherung gegen Feuer vermitteln.« Linda zog die Decke enger um den Hals, da der Wind stärker geworden war und nun kalt über die Veranda blies. »Ich habe dir nichts davon erzählt, weil ich es nicht für wichtig hielt.«

»Hatte Henning eine Möglichkeit, den Beutel unter dein Bett zu schmuggeln?«

»Ja«, rief Linda erschrocken aus. »Die hatte er allerdings. Er sagte, er müsse die Feuerungsanlagen im Haus begutachten, bevor ein Vertrag abgeschlossen werden könne. Dabei könnte er ohne weiteres in das Zimmer, wo mein Bett steht, gegangen sein und den Beutel dort unter der Matratze befestigt haben.« Die junge Lehrerin lief jetzt aufgeregt hin und her. »Genau! Und als er dann wieder zurückkam, hatte er es plötzlich sehr eilig, aus dem Haus zu kommen. Ich dachte mir noch, dass der ganz schön spinnt. Aber so betrachtet, war das ganz schön schlau.«

»Henning!« Marco rieb sich nachdenklich das Kinn. »Er ist also der einzige, der infrage kommt, wenn wir davon ausgehen, dass nicht diese Hexe selbst im Dorf war. Aber er scheint nicht der Typ zu sein, der sich mit Hexenmagie beschäftigt.« Er blickte Linda ratlos an.

»Wir müssen mehr über die Geschichte von Gerlande und der Zauberin erfahren«, sagte er dann entschlossen. »Die Tagebücher deiner Großmutter! Kannst du sie holen, während ich uns einen Kaffee koche?«

Linda nickte. »Klar! Und während du dir die Bücher ansiehst, werde ich mich frisch machen. Ich sehe ja schon selbst wie eine Hexe aus!«

8. KAPITEL

Henning war bereit. Er ging zu dem Nachtschränkchen, öffnete die Schublade und holte aus dem hintersten Winkel einen Gegenstand heraus, der in ein geblümtes Geschirrtuch eingewickelt war. Er entfernte das Tuch und schob die Automatikpistole in die Jackentasche. Niemand würde ihn heute daran hindern, das zu tun, was er vorhatte.

Das bedruckte Stück Papier, das sich mit in dem Tuch befunden hatte, legte er vor sich auf den Tisch. Die Waffe hatte er schon seit einiger Zeit; er hatte sie beim Pokern in einem illegalen Spielclub einem US-Soldaten abgenommen. Bis jetzt hatte er sie noch nie benutzt. Er nahm den Zettel vom Tisch und las sich in aller Ruhe die Gebrauchsanleitung durch. Er hatte zwar Mühe, den englischen Text zu entziffern, aber die Zeichnungen waren anschaulich. Im Prinzip musste er nur drei Dinge tun, wenn er die Waffe einsetzen wollte. Entsichern, Zielen, Abdrücken!

Er sah auf die Uhr. Es war kurz vor elf Uhr vormittags. Wenn Uhsas Zaubermittel so gewirkt hatte, wie sie es ihm beschrieben hatte, dann musste Linda nach dieser Nacht bewusstlos auf ihrem Bett liegen. Er brauchte sie nur abzuholen, in seinen Wagen bringen und zu Uhsa fahren. Sein Opfer würde sich nicht wehren können.

Ein freudiges Glitzern erschien in seinen Augen. Wenn alles gut ging, dann würde er schon heute Abend eine ansehnliche Menge Juwelen besitzen. Und es würde alles gut gehen – da war sich Henning sicher!

Er begann seine Vorbereitungen zu treffen. Vor ihm auf dem Tisch lag ein kräftiges Seil, das er sich gestern von Rabe besorgt hatte. Der hatte zwar etwas misstrauisch geguckt und gefragt, wofür Henning es brauche. Er hatte nur frech gegrinst und gesagt, dass er sich mit dem Seil natürlich aufhängen würde. Daraufhin hatte Rabe unsicher gelacht, aber keine weiteren Fragen gestellt.

Henning öffnete seinen Aktenkoffer und warf die darin befindlichen Papiere achtlos auf den Boden. Er verstaute das Seil im Koffer. Nach kurzem Überlegen packte er noch zwei Flaschen Wodka dazu. Seit Tagen war der Alkohol sein einziges Nahrungsmittel. Zusammen mit der Energie, die er aus dem Amulett bezog, genügte ihm das völlig, um bei Kräften zu bleiben. Dass er dadurch seinen Körper völlig ruinierte, war ihm nicht einmal bewusst. Er war in einem Zustand ständiger Euphorie. Seine Gedanken drehten sich einzig und allein darum, den Auftrag Uhsas auszuführen und dann als steinreicher Mann in den wohlverdienten Ruhestand zu treten.

Er trat vor den Spiegel, um seine Haare in Ordnung zu bringen. Im Spiegel erschien ein fleckiges, aufgedunsenes Gesicht. Kleine, rot geäderte Augen starrten ihm hart und glitzernd entgegen. Die Nase war geschwollen und, ebenso wie die Wangen, von einem Netz geplatzter Äderchen durchsetzt. Aus seinem Mund, der wie eine entzündete Wunde aussah, lief ein feiner Speichelfaden.

Henning versuchte, mit dem Kamm die wenigen fetten Haare, die er noch am Kopf trug, über der Halbglatze zu verteilen. Die Hände, die den Kamm hielten, waren von ungesunden, roten Flecken bedeckt. Die Adern standen hervor wie kranke, blaue Regenwürmer.

Dieser Anblick hätte Henning alarmieren müssen, aber er sah ein gänzlich anderes Spiegelbild. Er fand, er sah besser aus denn je! Seine aufgesprungenen Lippen verzogen sich zu einem überlegenen Lächeln und er zog eine Augenbraue hoch, als er sich betrachtete! Sein euphorischer Zustand zeigte ihm das Bild eines um wenigstens zehn Jahre verjüngten Ralf Hennings, der dazu noch etliche Kilos an Körpergewicht verloren hatte.

»Gut siehst du aus, Ralf«, flüsterte er seinem Spiegelbild zu. Seine Stimme war rau, als wären die Stimmbänder vom Wodka verätzt worden. Wenn er erst einmal das Geld hatte, würde er der König sein. Die Mädchen würden ihm scharenweise nachlaufen. Ein Mann in den besten Jahren, mit einem Haufen Geld! Das zog bei den Damen!

Bald würde es soweit sein! Nicht mehr lange! Er schlüpfte in seine schwarzen Lederschuhe und band sie zu. Dabei wäre er fast vornüber gekippt.

Langsam, mahnte er sich. Du hast zu viel Elan, Junge! Damit kommst du noch nicht klar!

Henning nahm den Koffer, tastete noch einmal nach der Waffe in seiner Jackentasche und verließ das Zimmer.

*

Die Schwarze Uhsa war ungeduldig. Sie konnte es nicht erwarten, dass ihr Diener die Wächterin zu ihr brachte. Dann würde nach vielen hundert Jahren wieder ein Blutopfer dargebracht werden.

Erst wenn die Wächterin vernichtet ist, werde ich wieder meine ganze Macht haben, werde ich mich wieder frei bewegen können, dachte sie.

Ihr Inneres war von Hass erfüllt, als sie an die Wächterin dachte.

Sie erinnerte sich daran, was vor neunhundert Jahren geschehen war. Sie, die Schwarze Uhsa, hatte über das Tal geherrscht. Mithilfe ihrer Hexenkünste hatte sie sich die Bewohner untertan gemacht. Sie verehrten und fürchteten die Hexe. In regelmäßigen Abständen brachten die Bewohner ein junges Mädchen oder einen Jüngling zu ihr, dessen Blut in der Opferhöhle den dunklen Mächten dargebracht wurde. Diese Opfer festigten und stärkten Uhsas Macht in jenen Jahren.

Bis eines Tages die junge heidnische Priesterin Gerlande im Tal auftauchte, und verkündete, sie werde diesen Ort vom Bösen befreien und dafür sorgen, dass es niemals wiederkehren würde. Das Christentum hatte sich zu dieser Zeit zwar schon überall ausgebreitet, aber es gab noch Angehörige der alten Religion, die im Geheimen praktizierten.

Uhsas Gesicht verzog sich zu einer hasserfüllten Grimasse, als sie daran dachte, wie sie überlistet worden war. Zusammen mit einigen Helfern war es Gerlande gelungen, die Hexe in eine Falle zu locken. Sie wurde in eine Kiste aus Eichenholz eingeschlossen. Uhsa hatte gerast, aber Gerlande und ihre Helfer waren gegen ihre schwarzen Künste gefeit. Die Kiste hatte man dann zu einem Platz unweit der Drudnhöhle gebracht, um sie in der Erde zu vergraben.

Hilflos hatte Uhsa mit anhören müssen, wie Gerlande die alten Götter anrief, und mit deren Hilfe einen Bannkreis um die Opferhöhle und die Lichtung legte, den Uhsa, selbst wenn es ihr gelingen sollte, sich zu befreien, nie durchbrechen könnte. Solange im Tal eine Nachfahrin Gerlandes lebte, würde dieser Bannkreis existieren.

Dann hob man ein tiefes Loch aus, in dem Uhsa bei lebendigem Leib begraben wurde.

Aber zwei Dinge hatte Gerlande nicht beachtet!

In der Kiste war eine Eichel liegengeblieben. Uhsa gelang es den Baumsamen durch ein Astloch im Holz nach draußen ins Erdreich zu drücken. Bald wuchs aus der Eichel ein Baum. Seine Wurzeln schoben sich unter die Kiste und drückten sie im Laufe der Jahre immer weiter nach oben. Uhsa brauchte nur zu warten, bis die Kiste eines Tages wieder ans Tageslicht gelangen würde. Dass dies mehrere hundert Jahre dauern würde, störte sie nicht.

Die Hexe trug immer noch den Stirnreif mit dem Mondstein, der ihr Leben mit dem Zyklus des Mondes verband. Er machte sie unsterblich. Mit abnehmendem Mond alterte sie, jeden Tag um sieben Jahre. Bei Neumond war die Schwarze Uhsa eine steinalte Frau von über hundert Jahren. Mit zunehmendem Mond wurde sie jünger, bis sie in der Nacht des Vollmonds ein achtzehnjähriges Mädchen war.

Mit Uhsas Begräbnis wurde dieser Effekt gedämpft. Das Eichenholz und die Erde, die über der Kiste lag, hielt die Einwirkung des Mondes von dem Stirnreif fern. Uhsa starb zwar nicht, sie blieb nur während der ganzen Jahre immer gleich alt: einhundertdreizehn Jahre!

Neunhundert Jahre später hatte ein gewaltiger Blitz die Eiche gespalten, unter der Uhsa in ihrem Sarg ausgeharrt hatte.

*

»Weißt du, dass du eine Wächterin bist, Linda?«, fragte Marco und sah von dem Tagebuch auf, in dem er die letzte halbe Stunde schweigend und mit wachsendem Interesse gelesen hatte.

»Natürlich«, antwortete Linda. Sie kam eben zur Tür herein und frottierte kräftig ihre blonden, strubbligen Haare. Sie trug einen Bademantel und ihr Gesicht sah frisch und rosig aus. Nichts deutete darauf hin, dass es ihr vor einer Stunde noch hundeelend war. »In der Schule bewache ich jeden Tag eine Horde ungezogener kleiner Gören und Bengel.«

»Schön«, sagte Marco. »Dann hast du ja schon Erfahrung. Denn die wirst du bald brauchen, wenn deine Großmutter recht hatte.«

»Gut, dann erzähl mir mal, was du herausbekommen hast, großer Detektiv!«

Marco gab Linda eine kurze Zusammenfassung dessen, was er bis jetzt in den Tagebüchern erfahren hatte. Lindas Miene wurde ernst. Sie setzte sich zu Marco auf die Küchenbank und legte das Handtuch zur Seite. Ihre blonden Haare standen in alle Richtungen ab.

»Wenn ich das richtig verstanden habe«, sagte sie dann, »bin ich also Teil einer langen Reihe von Frauen, die seit Jahrhunderten das Tal bewachen sollen.«

»Genau«, sagte Marco. »Und solange du hier bist, bleibt der Bannkreis um die Opferhöhle bestehen.«

»Und die Schwarze Uhsa kann nicht ins Tal kommen«, überlegte Linda weiter. »Selbst wenn es ihr gelingen sollte, sich zu befreien.«

»Ich befürchte, das ist schon geschehen«, sagte Marco. »Die Hexe ist aus ihrem Gefängnis entwichen.« Linda sah ihn an. Ihre Augen wanderten unruhig hin und her.

»Es ist die Frau aus meinem Traum«, flüsterte sie. »Sie versucht mich zu beseitigen, damit sie ihre alte Macht wieder ausüben kann.« Eine Weile saßen beide schweigend da. Keiner hatte Lust, die bedrohlichen Gedankengänge weiterzuführen.

Schließlich sagte Linda leise: »Alles in mir sagt mir, ich sollte weglaufen, um der Bedrohung durch die Hexe zu entkommen. Aber ...« Sie hob den Kopf und sah auf die gerahmte Fotografie einer alten Frau, die an der Küchenwand hing. Ihr Blick wurde sicherer. »... ich bin die Wächterin! Ich darf nicht einfach so davonlaufen. Ich habe zwar große Angst, aber das Böse darf nicht wieder freie Hand bekommen.« Sie sah das Bild ihrer Großmutter mit festem Blick an. »Sie wäre auch nicht davongelaufen. Es ist meine Aufgabe, hier zu bleiben!«

»Ich werde dir helfen«, sagte Marco und ergriff Lindas Hand. Linda drückte sie dankbar.

»Danke, Marco«, sagte sie. »Es ist gut zu wissen, dass ich nicht allein bin.« Dann sah sie Marco mit hilflosem Gesichtsausdruck an. »Aber was können wir tun?«

»Das Wichtigste ist zunächst, dass dir nichts geschieht«, sagte Marco entschlossen. »Denn dann bleibt Uhsas Wirkungskreis auf das kleine Gebiet in der Finstermail beschränkt.«

»Können wir denn gar nichts gegen sie unternehmen?«, fragte Linda.

»Es ist schwierig, gegen die Schwarze Uhsa in offenem Kampf anzutreten«, sagte Marco. »Sie ist sehr gefährlich. Das habe ich erlebt, als ich dort oben war.« Er dachte an die beiden Schlangen, die ihn in der Höhle angegriffen hatten. Und an die schemenhafte Gestalt, die er geglaubt hatte zu sehen. Das musste die Schwarze Uhsa gewesen sein. »Der Reif um ihre Stirn macht sie unsterblich und gibt ihr große Macht.«

»Man müsste ihr den Stirnreif wegnehmen«, schlug Linda vor.

»Das ist unmöglich!« Marco schüttelte den Kopf. Dann zeigte er auf eine Stelle im Tagebuch von Lindas Großmutter. »Die Berührung des Stirnreifs ist für einen Menschen tödlich. Die Energie, die in ihm steckt, kann ein normal Sterblicher nicht verkraften. Auch Gerlande konnte Uhsa den Stirnreif nicht abnehmen. Das dürfen wir nicht vergessen. Selbst wenn es möglich wäre, da sind auch noch die beiden Schlangen, die verhindern, dass jemand überhaupt in die Nähe von Uhsa kommt.«

»Wir können nichts tun«, stellte Linda resigniert fest.

»Noch nicht«, verbesserte Marco. »Aber auch Gerlande ist es damals gelungen, die Hexe zu überlisten. Vielleicht fällt uns ja auch etwas ein.« Linda atmete tief durch und sah wieder auf das Bild ihrer Großmutter.

»Gerlande war eine mächtige Frau«, sagte sie. »Eine Priesterin, wie meine Großmutter geschrieben hat. Aber wir? Wir sind nur zwei ganz normale Menschen! Was können wir schon ausrichten?«

»Wir werden wachsam sein«, sagte Marco.

9 . KAPITEL

Der Himmel war von grauen, tief hängenden Wolken bedeckt, die der Sonne jede Kraft nahmen. Ein düsteres Licht lag an diesem Samstagmittag über dem Tal und dem Dorf. Es regnete noch nicht, aber ein kalter, feuchter Ostwind, der Vorbote des Regens, wehte um die Häuser von Gramstein. Die Straßen waren leer. Die Bewohner hatten sich bei diesem ungemütlichen Wetter in ihre warmen Wohnungen zurückgezogen. Einige waren schon am frühen Vormittag in die Stadt gefahren, um ihre Großeinkäufe zu erledigen. In Gramstein war es still. Eine Katze huschte über den Dorfplatz und verschwand in einem Hauseingang, wo sie Schutz vor dem kalten Wind suchte.

Niemand beachtete den metallic blauen BMW, der vor dem Gasthof startete und sich in Richtung Dorfrand in Bewegung setzte. Langsam fuhr der Wagen durch die Straße und es schien, als hätte der Lenker Schwierigkeiten, das Fahrzeug trotz der geringen

Geschwindigkeit in der Spur zu halten. Vor dem Haus von Linda Bauer blieb das Auto stehen.

Henning blieb noch einige Minuten im Auto sitzen. Er lächelte. Niemand hatte ihn gesehen. Das Haus der Lehrerin lag etwas abseits vom Dorf an einer Straße, die einige Meter hinter Lindas Haus in einen Feldweg überging.

Nettes Häuschen, dachte Henning. Vielleicht würde er es sich kaufen.

Mit starren, glasigen Augen blickte er nach draußen. Die roten Flecken in seinem Gesicht hatten sich vermehrt. Wie glühende Flechten nisteten sie auf seiner Haut.

Henning griff in den Koffer und holte die Flasche heraus. Mit automatischen Bewegungen schraubte er den Verschluss ab und führte die Flasche zum Mund. Schwer und ölig rann die scharfe Flüssigkeit durch seinen Hals. Er musste nicht husten, er verzog keine Miene, es sah aus als würde er Wasser trinken. Während er trank, starrte er weiter nach draußen. Als er die Flasche absetzte, lief ein feiner Blutfaden aus seiner Nase. Henning registrierte es nicht. Er wusste nicht, dass seine inneren Organe die enormen Mengen an Alkohol nicht mehr lange verkraften würden.

Tatsächlich befand sich Henning in einem Art Delirium. Nur das Amulett der Hexe, das er um den Hals trug, bewahrte ihn vor dem kompletten Zusammenbruch. Ab und zu tastete seine Hand nach dem runden Stein, der warm und pulsierend auf seiner Brust lag. Dann durchströmte ihn wieder neuer Optimismus, Lebenskraft – und Wut! Wut auf seine Mitmenschen, die ihn nie akzeptiert hatten. Wut auf seine Eltern, die ihm nie verheimlicht hatten, dass er nicht gewollt war. Als Kind hatte sich Ralf oft überflüssig gefühlt. Wie ein Geschwür, das unerwünscht wuchert. Später hatte er dieses Gefühl auf seine Umwelt übertragen. Liebe und Mitgefühl waren Fremdwörter für ihn.

Auch jetzt hielt seine Hand das Amulett umklammert, als er im Wagen saß und auf das Haus starrte. Kraft durchströmte ihn. Ja, er war stark! Er war frischer denn je! Und jetzt würde er sich diese Linda holen. Auch von ihr hatte er nicht mehr als Verachtung zu erwarten. Sollte Uhsa sie bekommen. Ihm war es gleich!

Henning schloss die Flasche wieder und verstaute sie sorgfältig in seiner Aktentasche. Noch einmal lehnte er sich in dem Fahrersitz zurück. Dann setzte er sich mit einem Ruck auf, ergriff die Aktentasche und öffnete die Fahrertür.

*

Linda hatte als Erste das Geräusch des heranfahrenden Wagens gehört. Ein Blick aus dem Fenster und sie wusste, wer der Besucher war. Dass er zu ihr wollte, daran bestand kein Zweifel. Ihr Haus war das letzte in der Straße, die hier endete. Sie wandte sich zu Marco um.

»Es ist Henning«, flüsterte sie, obwohl der unmöglich ihre Stimme hören konnte. »Was will der schon wieder hier?«

»Vermutlich will er sich das Ergebnis seines kleinen Anschlags von gestern ansehen«, nahm Marco an und sprang auf. »Wir werden herausbekommen, was er sonst noch vorhat!« Er ging ebenfalls zum Fenster und sah hinaus. »Noch ist er nicht ausgestiegen. Wir haben noch etwas Zeit!« Er nahm Linda beim Arm und zog sie vom Fenster weg.

»Wir werden alles so einrichten, dass er denkt, du wärst allein und hilflos«, sagte er, während er ins Schlafzimmer ging und Linda hinter sich herzog. Lindas Augen wurden groß.

»Du meinst, ich soll mich ins Bett legen und warten, bis dieses Scheusal über mich herfällt?«, fragte sie entsetzt.

»Das ist nicht nötig«, sagte Marco, zog sich eilig die Schuhe aus und schleuderte sie unter Lindas Bett. »Wir haben beide blondes Haar! Wenn ich mich tief in der Decke vergrabe, wird er vielleicht nicht bemerken, dass nicht du es bist, die in dem Bett liegt.«

»Aber ...«, sagte Linda und blickte verwirrt auf Marco, der es sich in ihrem Bett gemütlich machte.

»Pst«, machte Marco, und mit gesenkter Stimme fuhr er fort: »Ich habe ein Geräusch an der Haustür gehört! Er ist da! Du gehst ins Nebenzimmer und bist so leise, wie es nur geht! Ich werde mir diesen Henning kaufen!«

Linda gehorchte und ging durch die Tür, die in das kleine Spielzimmer führte, das sie extra für ihre drei Katzen eingerichtet hatte. Dort lehnte sie sich an die Wand neben der Tür und wagte kaum zu atmen.

Hoffentlich verwechselt Henning nicht die Räume, dachte sie aufgeregt. Sie hatte das sichere Gefühl, dass der Mann diesmal nicht gekommen war, um ihr Blumen zu bringen.

Henning machte sich keine großen Gedanken darüber, wie er ins Haus gelangen sollte. Er würde hingehen und nach einer Möglichkeit suchen, in das Haus zu gelangen. Im Notfall würde er einfach eine Scheibe einschlagen.

Unwillkürlich sah er nach oben. Unter dem Giebel konnte er das Relief der Wächterin sehen. Ein wenig sah es aus wie die Galionsfigur an den alten Segelschiffen.

Einen kurzen Moment beschlich ihn ein ungutes Gefühl. Die steinernen Augen schienen ihn direkt anzublicken. In ihnen lag Wachsamkeit und, so glaubte Henning, eine Warnung an ihn, das Haus zu betreten. Seine Hand wanderte zu dem Amulett.

Quatsch!, dachte er. Was kann denn ein Gesicht aus Stein schon ausrichten?

Zunächst versuchte er es an der Haustür. Sie war verschlossen. Henning lauschte. Im Inneren des Hauses war kein Laut zu hören. Gut! – Alles schien so zu laufen, wie er es geplant hatte! Er ging nach links, vorbei an den Haselnusssträuchern, die dort wuchsen. Sie hatten die meisten Blätter schon verloren, nur einige dürre, braune Nachzügler klammerten sie noch an die Äste. Dann erreichte der ungebetene Gast die Veranda. Ein freudiger Anblick erwartete ihn dort.

Die Tür, die von der Veranda in die Küche und somit ins Innere des Hauses führte, war nur angelehnt. Henning grinste zufrieden. Er musste nicht mal Gewalt anwenden, um ins Haus zu gelangen. Ein leises Quietschen ertönte, als er die Glastür vorsichtig aufdrückte. Er spähte in die Küche. Es war niemand da. Auf dem Holztisch lag ein altes Buch. Es war aufgeschlagen und Henning konnte sehen, dass die Seiten mit einer altertümlich wirkenden Handschrift eng beschrieben waren.

Neben dem Buch standen zwei Tassen, in denen noch Kaffeereste waren. Henning stutzte. Linda lebte doch allein. Warum dann zwei Tassen? Hatte sie Besuch bekommen? Seine Augen wanderten lauernd umher, während seine Hand zur Jackentasche tastete, in der sich die Automatik befand.

Dann erkannte er die Tasse und er entspannte sich. Es war die gleiche, in der ihm Linda gestern den Kaffee gebracht hatte. Er erkannte sie an dem großen OMA-Aufdruck, der ihm schon gestern aufgefallen war. Sie hatte sich anscheinend nicht die Mühe gemacht, sie wegzuräumen.

Da wurde seine Aufmerksamkeit auf etwas anderes gelenkt. Aus dem Flur war ein polterndes Geräusch gedrungen, es klang, als hätte jemand etwas umgestoßen. Er beachtete den Tisch nicht mehr, und ging weiter zur Tür, die auf den Flur führte. Hätte er die Tasse näher untersucht, dann hätte er festgestellt, dass der Kaffee darin noch warm war.

Ralf Henning holte die Automatik aus seiner Jackentasche und entsicherte sie. Dann ging er leise auf die Tür zu. Er stellte seine Aktentasche auf den Boden, um mehr Bewegungsfreiheit zu haben. Seine Hände zitterten.

Warum so aufgeregt, Ralf?, redete er sich zu. Wenn da jemand ist, dann wirst du ihn erwischen!

Er drückte den Türgriff langsam nach unten, und zog dann mit einer plötzlichen Bewegung die Tür auf. Gleichzeitig riss er die Waffe hoch, bereit sofort zu schießen. Dann sah er die Ursache des Geräusches. Auf dem Läufer im Flur saß eine weiß-schwarz gesprenkelte Katze. Sie sah erschrocken zu ihm auf. Ihre Augen leuchteten in dem dämmrigen Licht, das auf dem Flur herrschte. Neben ihr lag ein Regenschirm auf dem Boden, den sie von der kleinen Kommode, die an der Wand stand, gezogen hatte. Die Katze stieß ein lautes Fauchen aus, sprang an Henning vorbei in die Küche und von dort aus ins Freie.

»Mistvieh«, knurrte Henning. »Mich so zu erschrecken! Kannst von Glück sagen, dass ich dich nicht einfach abgeknallt habe.« Sein Herz schlug wild, und er atmete schwer. Er sehnte sich nach einem Schluck Alkohol. Aber jetzt war keine Zeit dafür. Wenn er Linda erst einmal ins Auto gebracht hatte, würde er sich einen kräftigen Drink genehmigen.

Er steckte die Automatik weg und ging zurück in die Küche, wo er die Aktentasche ergriff. Er wollte die Sache jetzt schnell zu Ende bringen. Wo Lindas Bett stand, wusste er genau, da er selbst gestern den Leinenbeutel dort deponiert hatte. Und sie war anscheinend nicht wach, sonst wäre sie bei dem Lärm bestimmt aufgewacht und hätte nachgesehen.

Trotzdem bewegte Henning sich vorsichtig, als er auf das Zimmer zuging, in dem er Linda vermutete. Er öffnete leise die Tür und betrat den Raum.

Zufrieden schweifte sein Blick durch das Zimmer. Es war alles in bester Ordnung. Dort auf dem Bett lag, mit dem Gesicht zur Wand, eine Gestalt. Sie hatte sich fast ganz unter der Bettdecke verkrochen, aber Henning konnte deutlich die blonden Haare sehen. Da war Linda! Henning legte den Koffer auf den Schreibtisch und öffnete ihn. Er holte das Seil heraus. Wie lange die Wirkung von Uhsas Zaubermittel anhalten würde, wusste er nicht. Er mochte es nicht gerne, wenn ihm jemand ins Lenkrad griff. Deswegen würde er Linda vorsichtshalber fesseln.

Dann trat er ans Bett. Sein vom Alkohol gezeichnetes Gesicht verzerrte sich zu einem triumphierenden Grinsen. In der rechten Hand hielt er das Seil und mit der anderen schlug er die Bettdecke nach hinten.

Da fuhr er erschrocken zurück!

»Hallo, Schätzchen«, sagte die Gestalt, die in Lindas Bett lag, mit einer tiefen Männerstimme.

10. KAPITEL

Marco hatte unbeweglich unter der Bettdecke ausgeharrt, als Henning das Zimmer betreten hatte. Es war ein dickes Federbett, sodass die Umrisse seines Körpers kaum sichtbar waren. Einen kurzen Augenblick überlegte er, was er tun sollte, wenn Henning zum Bett kam und entdeckte, dass es nicht Linda war, die da lag. Mit Sicherheit hatte er jedoch den Vorteil der Überraschung auf seiner Seite.

Er hörte die Schritte näherkommen. Eine Wolke aus Alkoholgestank umgab Marco, als sich Henning über das Bett beugte. Dann schlug er die Decke zurück.

Im selben Moment setzte sich Marco auf, sprang aus dem Bett und in Sekundenschnelle stand er vor dem verblüfften Mann. Henning war furchtbar erschrocken. Sein Mund stand offen vor Erstaunen und seine ansonsten schmalen Augen waren groß geworden.

Auch Marco erschrak, als er Henning erblickte. Der Mann sah aus wie ein Wrack. Die Haare fett und ungewaschen. Das Gesicht war so verquollen, dass man kaum noch die Gesichtszüge ausmachen konnte. Der

Mann musste die letzten Tage damit verbracht haben, sich totzusaufen.

Aber im Augenblick war Henning nicht tot. Er machte auch gar nicht den Eindruck eines Betrunkenen. Mit erstaunlicher Schnelligkeit hatte er sich von seinem Schreck erholt. Noch bevor Marco etwas unternehmen konnte, hatte er eine Pistole in der Hand und richtete sie auf Marcos Brust. Die Lippen verzogen sich zu einem überlegenen Lächeln.

»Sieh an, der Herr Student«, sagte er gehässig. »Du bist wohl inzwischen der Leibwächter der Frau Lehrerin geworden?« Er trat einen Schritt zurück, um Marco besser beobachten zu können. »Ein gefährlicher Job, sehr gefährlich sogar. Er kann einem sogar das Leben kosten, wenn man nicht aufpasst.« Dann machte er mit der Automatik eine kurze Bewegung zum Bett hin. Seine Stimme wurde lauter. »Los, aufs Bett! Setz dich hin, und versuch ja nicht irgendwelche Tricks! Mir ist es nämlich völlig egal, wenn deine Laufbahn als Akademiker ein frühes Ende nimmt.«

Marco ging zwei Schritte rückwärts, bis seine Beine das Bettgestell berührten. Dann setzte er sich langsam. Dabei ließ er Henning keinen Moment aus den Augen. Der Mann stand anscheinend kurz vor dem Wahnsinn. Marco traute ihm alles zu, aber im Augenblick konnte er nichts gegen ihn unternehmen. Er konnte nur dafür sorgen, dass Henning nicht die Nerven verlor und unüberlegt schoss.

»Ganz ruhig, Henning«, sagte er und zeigte seine leeren Hände. »Ich kann nichts gegen Sie unternehmen. Sie sind der Boss!«

»Schön, dass du das einsiehst«, knurrte der Versicherungsmann und schob sich den Bürostuhl, der vor Lindas Schreibtisch stand, zurecht. Er setzte sich, wobei er immer die Waffe auf Marco gerichtet hielt.

»So, und jetzt wirst du mir schön brav erzählen, wo die Lehrerin ist«, sagte er.

Marco überlegte fieberhaft. Die Lage war denkbar schlecht. Henning hatte von dem Stuhl aus die Tür zum Nebenzimmer, in dem Linda sich befand, genau im Blickfeld – Linda konnte also nicht unbemerkt das Zimmer betreten, um Marco zu helfen. Er musste Henning hinhalten, damit Linda Zeit hatte, etwas zu unternehmen. Henning war Geschäftsmann, vielleicht konnte Marco sich das zunutze machen. Er versuchte es.

»Machen wir einen Handel«, schlug er vor. »Sie erzählen mir zuerst, was Sie von Linda wollen, und ich sage Ihnen dann, wo sie sich befindet.«

»Ich wüsste nicht, warum ich das tun sollte«, sagte Henning unbeeindruckt. »Wenn du nicht redest, werde ich dich erschießen. Das Mädchen finde ich auch ohne dich. Sie ist sicher nicht weit! Also los!«

»Okay«, lenkte Marco ein. Dann versuchte er noch einmal Henning zu verblüffen. »Was hat Ihnen denn die Schwarze Uhsa versprochen, wenn Sie ihr helfen?« Das war natürlich nur eine Vermutung. Marco wusste nicht sicher, ob der Versicherungsvertreter vielleicht doch nur seine eigenen Pläne verfolgte.

Das wirkte. Henning war verblüfft.

»Was weißt du denn von Uhsa?«, fragte er unsicher.

»Genug, um Ihnen sagen zu können, dass es noch niemandem gutgetan hat, sich mit ihr einzulassen«, sagte Marco. »Und ich bin mir sicher, sie wird auch Sie einfach fallenlassen, wenn sie hat, was sie will. Wahrscheinlich werden Sie getötet«, fügte er noch beiläufig hinzu.

Henning wurde nervös. Er blickte Marco misstrauisch an. Sein Blick wanderte kurz zu seinem Aktenkoffer, der geöffnet auf dem Schreibtisch stand. Die halbleere Flasche Schnaps lag obenauf. Dann konzentrierte er sich wieder auf Marco.

»Sie hat gesagt, dass sie mich reich machen wird, wenn ich ihr helfe«, sagte er, mehr zu sich selbst. Seine Augen wanderten unruhig umher. »Abgesehen davon – ich habe keine Wahl mehr. Wenn ich jetzt einfach aufhöre, lande ich im Gefängnis.«

»Man wird sicher mildernde Umstände geltend machen«, setzte Marco nach. Es war ihm immerhin gelungen, Henning für einen Moment zu verunsichern. Henning wirkte immer noch unentschlossen. Seine freie Hand wanderte unter sein Hemd zur Brust. Er schien dort etwas zu umfassen. Mit einem Mal veränderte er sich. Sein Gesichtsausdruck wurde wieder hart und unnachgiebig.

»So, genug geplaudert, Professor! Du verdirbst mir nur meine gute Laune«, sagte er und stand auf. Den Arm mit der Pistole ausgestreckt, kam er auf Marco zu. »Du sagst mir jetzt, wo das Mädchen ist, dann lass’ ich dich vielleicht am Leben.« Marco wusste, dass er jetzt sofort handeln musste, wenn er nicht sterben wollte. Er war sich sicher, dass Henning ihn auf jeden Fall beseitigen würde. Auch wenn er ihm sagen würde, dass Linda da oder dort wäre. Er hätte höchstens einen falschen Platz nennen können – das hätte zwar Linda geholfen, aber Marco verspürte keinerlei Lust, einen frühen Heldentod zu sterben.

Vielleicht half hier ja der älteste Trick der Welt. Er streckte seinen Oberkörper etwas, hob erstaunt die

Augenbrauen und sah an Henning vorbei, als würde er jemanden hinter dem Mann erblicken.

Sein Gegner war so dumm und fiel darauf herein. Er glaubte, dass tatsächlich jemand hinter ihm stand. Schnell drehte er sich herum, um den vermeintlichen Angreifer vor die Automatik zu bekommen. Aber da war niemand!

Im selben Moment, als sich Henning von ihm abwandte, war Marco auch schon bei ihm. Er stieß sich vom Bett ab, und ehe Henning sein Fehler bewusst werden konnte, hatte Marco den Arm, der die Waffe hielt, mit beiden Händen ergriffen. Mit aller Kraft schlug er Hennings Unterarm auf die Stuhllehne. Polternd fiel die Automatik auf den Boden. Henning fluchte und versuchte sich zu wehren. Es gelang ihm, sich aus Marcos Griff zu befreien. Aber, anstatt den Vorteil zu nutzen und seinerseits Marco anzugreifen, bückte er sich und versuchte die Pistole zu erreichen.

Aber er war zu träge. Noch während er sich bückte, versetzte ihm Marco einen Tritt und er lag flach auf dem Boden. Sofort war der junge Wissenschaftler über ihm. Während er ihn mit den Knien auf den Boden drückte, griff er die Arme des Gegners und drehte sie auf den Rücken. Henning war nun fast bewegungsunfähig. Nur die Beine waren noch frei, er schlug damit aus, in der Hoffnung, Marco zu treffen. Henning war jedoch viel zu plump, als dass ihm so ein Kunststück gelingen konnte.

Inzwischen war Linda in den Raum geeilt. Marco sah sie und rief ihr zu: »Schnell, Linda, nimm die Pistole!«

»Was sollen wir mit ihm machen?«, fragte sie, während sie Hennings Waffe aufhob und auf den Schreibtisch legte.

»Bring mir das Seil«, keuchte Marco. Henning zappelte wie ein Fisch und versuchte freizukommen. Als er bemerkte, dass er keine Chance mehr hatte, wurde sein Körper schlaff. Nur sein Atem ging schwer und unregelmäßig. Widerstandslos ließ er sich von Marco auf den Schreibtischstuhl setzen, an den er mit seinem eigenen Strick festgebunden wurde.

Zufrieden betrachteten Marco und Linda ihr Werk. Henning konnte sich nicht mehr rühren. Er saß mit geschlossenen Augen auf dem Stuhl und bewegte sich nicht. Er atmete heftig.

»Ich werde die Polizei rufen«, sagte Linda und ging zum Telefon, das auf dem Schreibtisch stand.

Da kam wieder Leben in Henning. Er riss die Augen weit auf und rüttelte an seinen Fesseln.

»Bitte, nicht die Polizei …, aaah!« Dann begann er zu schreien. Anscheinend hatte er starke Schmerzen. Seine Lippen waren blau geworden und aus seinem Mundwinkel lief schaumiger Speichel. Er warf seinen Kopf nach links und rechts, als wollte er etwas abschütteln.

Linda legte den Hörer weg und eilte zu dem Mann im Stuhl.

»Was haben Sie? Sie müssen sich beruhigen!«

Henning glotzte sie an. Seine Augen waren aus den Höhlen getreten und sein Gesicht erinnerte an einen roten Frosch. Der Mund stand weit offen und qualvolles Stöhnen drang aus ihm.

»Er hat einen Herzanfall«, rief Marco und eilte zum Telefon. »Ich werde den Notarzt rufen! Binde ihn inzwischen los, der Strick engt ihn vielleicht ein!« – »Hallo«, rief er in die Sprechmuschel, als die Verbindung zustande gekommen war. »Rettungsdienst! Wir brauchen einen Krankenwagen und einen Arzt! – Ja! Ein Herzanfall! Scheint ziemlich ernst zu sein! – Wo? Einen

Augenblick, bitte!« Marco wandte sich fragend an Linda, die damit beschäftigt war, die Knoten an Hennings Verschnürung wieder zu lösen. Sie nannte Marco ihre Adresse. Der gab sie durchs Telefon sofort weiter. »Danke! – Ja, wir warten!« Marco legte auf und war sofort bei Linda, um ihr zu helfen.

Henning stöhnte und röchelte. Er bekam kaum noch Luft.

»Wir legen ihn auf den Boden«, sagte Marco und packte den Mann unter den Achseln. »Nimm du die Beine!«

Henning hatte das ungefähre Gewicht eines überdimensionalen Sandsacks. Sie hatten Mühe, ihn überhaupt zu bewegen, da er keine Anstalten machte mitzuhelfen. Er schnappte nur japsend nach Luft; seine Hände, die jetzt wieder frei waren, hatte er in der Herzgegend auf die Brust gedrückt. Die beiden Helfer schleiften ihn mehr, als dass sie ihn trugen.

»Nur noch ein Stückchen«, keuchte Marco. Hennings Gewicht ließ ihn vermuten, dass der Kranke Bleiplatten am Körper trug.

»So, jetzt langsam auf den Boden sinken lassen«, sagte Linda und ließ Hennings Beine wieder los.

Plötzlich schrie Henning wieder laut auf, ein Gurgeln mischte sich in den Laut und er verstummte abrupt.

Marco hatte Henning langsam nach unten sinken lassen wollen, aber plötzlich versteifte sich der Körper. Marco konnte ihn nicht mehr halten und Henning fiel wie ein Sack um.

Dann blieb er liegen und rührte sich nicht mehr.

*

»Da ist nichts mehr zu machen«, sagte der Notarzt, nachdem er den reglosen Körper untersucht hatte. »Der Mann ist an einem Herzanfall gestorben. Ich kann nichts mehr für ihn tun. Ich nehme an, dass seine allgemeine Konstitution durch übermäßigen Alkoholgenuss sehr geschwächt war. Die Aufregung hier hat ihm dann den Rest gegeben.«

»Sie hatten Streit mit ihm?«, wandte er sich an Linda und Marco.

»Ja, das stimmt«, antwortete Linda. »Es kam zu einer Auseinandersetzung, dann brach er plötzlich zusammen.« Sie vermied es, dem Arzt die Vorgänge im Einzelnen zu schildern. Marco und sie hatten entschieden, nichts über die wahren Absichten Hennings verlauten zu lassen. Was hätten sie auch erzählen sollen? Dass Henning im Auftrag einer tausend Jahre alten Hexe Linda entführen wollte? Linda nahm an, dass der Arzt dann auch sie gleich mitgenommen hätte.

»Wir werden trotzdem die Polizei verständigen müssen«, sagte der Arzt. »Ich habe zwar keinen Zweifel, dass der Mann hier eines natürlichen Todes gestorben ist, aber die Behörden wollen das immer lieber selbst sehen.«

»Ich darf doch ihr Telefon benutzen«, sagte er und blickte Linda freundlich an. Die junge Lehrerin nickte und lächelte gequält. Die Ereignisse des Tages waren etwas viel für sie gewesen. Erst die Übelkeit am Morgen, dann die Erkenntnis, dass eine jahrhundertealte Frau hinter ihr her war, Hennings Auftritt, den man am besten als Überfall bezeichnen konnte, und dann auch noch ein Toter! Linda wünschte sich, dass sie sich einfach ins Bett legen, ein wenig schmökern und dann mindestens zwölf Stunden schlafen könnte, um diesen Tag zu vergessen.

Sie sah zu Hennings Leiche. Der Tod hatte ihn nicht ansehnlicher werden lassen. Im Gegenteil! Seine Gesichtszüge waren verzerrt, die Augen immer noch weit aufgerissen, und die Haut hatte eine dunkelviolette Farbe angenommen. Übelkeit stieg in ihr auf und sie wandte den Blick ab.

Ihre Augen suchten Marco, der bei einem der Sanitäter stand und ihn etwas fragte. Als hätte er Lindas Blick gespürt, drehte er sich zu ihr um. Anscheinend sah man ihr ihre schlechte Verfassung an, denn Marcos Miene wurde besorgt und er kam auf sie zu. Er legte einen Arm um ihre Schulter und flüsterte: »Wir werden das alles bald hinter uns haben, Linda!«

»Hoffentlich irrst du dich nicht«, sagte Linda skeptisch, aber sie war dankbar für den Arm, der sie festhielt und ihr neuen Mut gab.

Die folgenden Ereignisse nahm Linda wie durch einen feinen Nebel wahr. Die Polizei kam, stellte zuerst Marco und dann ihr einige Fragen, die sie wie ein Automat beantwortete. Auch diesmal erklärte sie, nicht zu wissen, was der Mann von ihr gewollt hätte. Marco übernahm das meiste Reden und Linda war ihm dankbar. Der Kommissar ordnete an, dass Henning eingehend untersucht werden müsse. Endlich schafften die Sanitäter die Leiche nach draußen, um sie ins Krankenhaus zu bringen.

Zumindest eines war Linda klar geworden. Uhsa konnte zwar den Bannkreis in der Finstermail nicht verlassen, aber sie hatte es trotzdem fast geschafft, Linda zu sich zu holen.

*

Im Inneren der Drudnhöhle bereitete die Schwarze Uhsa das bevorstehende Opfer vor. Sie rechnete jeden Augenblick mit dem Eintreffen ihres Dieners, der ihr Linda, die neue Wächterin, bringen würde.

Die Opferstätte lag tief im Erdinneren. Die Hexe berührte eine Stelle an der Wand, die wie ein ganz normaler Auswuchs im Fels aussah. Mit einem schleifenden Geräusch schwang ein Teil der Wand zurück und öffnete einen Durchlass. Uhsa betrat den Gang und der Fels schloss sich wieder. An den Wänden hingen Fackeln, die auf ein Zeichen der geheimnisvollen Frau zu glühen begannen und ein fahles, grünes Licht verbreiteten.

Nach einigen Metern verbreiterte sich der Gang und führte in einen größeren, hohen Raum, der ebenfalls von Fackeln beleuchtet war. In der Mitte des Höhlensaals stand ein großer Steinblock, der in Größe und Gestalt einem Altar glich. Die Oberfläche war von dunklen Flecken bedeckt, die sich teilweise auch über die Seiten verbreitet hatten. Auf der Mitte des Steintisches lag ein Dolch.

Uhsa wollte gerade mit den rituellen Vorbereitungen beginnen, als sie plötzlich erschrocken innehielt. Der Kontakt zum Träger des Amuletts war von einem Moment auf den anderen abgebrochen. Dies konnte nur eines bedeuten: Henning war tot!

Die Schwarze Uhsa bedauerte ihre vorschnelle Wahl des Amulettträgers. Dieser Henning war ein Schlappschwanz gewesen. Böse und geldgierig zwar, aber körperlich eine völlige Niete. Es war spielend leicht gewesen, ihn in ihren Bann zu ziehen und sie hatte ihn kaum beeinflussen müssen, damit er ihren Plänen zustimmte.

Wenn sie nur ein paar Stunden gewartet hätte. Unerwartet war ein anderer Mann in der Finstermail aufgetaucht. Er war jung gewesen und hatte einen kräftigen Eindruck gemacht. Er wäre wahrscheinlich als Träger des Amuletts besser geeignet gewesen, als der Mann, der sich Ralf nannte.

Nun gut, es war geschehen! Auch damit würde sie zurechtkommen.

Zwar mussten die Vorbereitungen für das Opfer zunächst verschoben werden. Aber nicht lange! Die Schwarze Uhsa hatte bis jetzt nur einen Bruchteil ihrer Kräfte einsetzen müssen, um ihre Pläne voranzutreiben.

Jetzt war die Zeit gekommen, um ihre ganze Macht zu zeigen! Sie würde die Wächterin bekommen, sie würde sie noch in dieser Nacht auf dem Steinaltar den bösen Mächten zum Opfer bringen, und dadurch wieder frei und ungebunden sein.

Sogar der Tod des Mannes, der ihr Amulett um den Hals trug, war kein unumgehbares Hindernis. Uhsa konzentrierte sich, der Opal auf ihrer Stirn leuchtete kurz auf, dann hatte sie den Kontakt zu dem Amulett hergestellt.

11. KAPITEL

Hast du mal a Zigarett'n, Manfred?«, fragte der Sanitäter den anderen, der am Steuer saß und den Krankenwagen lenkte. Der Wagen war unterwegs zum Kreiskrankenhaus, wo Hennings Leiche noch einmal von einem Arzt auf die Ursachen seines Todes hin untersucht werden sollte.

»Kannst du dir nicht mal selbst welche kaufen, Joe?«, antwortete der Fahrer, und warf eine angebrochene Packung zur Beifahrerseite hinüber.

»Du wasst doch«, antwortete Joe und fing die Schachtel geschickt in der Luft auf, »ich wills mir abg'wöhnen. Ich kauf' mir kanne Kippen mehr! Dange«, winkte er ab, als Manfred in die Tasche griff, um sein Feuerzeug zu suchen. »Feuer hab ich selber!« Er zündete sich die Zigarette an und zog den Rauch tief in die Lungen.

»Scheiße, schmeckt des gut«, seufzte er, als er den Rauch wieder langsam durch die Nasenlöcher ausströmen ließ. »Kannst du mir sagen, was an den Dingern dran ist?«

»Geschnorrte Zigaretten schmecken immer am besten«, erwiderte Manfred kühl, nahm die rechte Hand vom Lenkrad und streckte sie zu Joe hinüber, wobei er die Finger winkend bewegte. »Meine Zigaretten, bitte!«

»Is' ja scho' gut! Ihr kauf' dir demnächst mal a Schachtel!« Joe wollte die Packung gerade in die ausgestreckte Hand legen, als er plötzlich in der Bewegung innehielt.

»Momentamal«, sagte er und bewegte den Kopf zur Seite. »Hast du auch was g'hört?«

»Nö!« Manfred schüttelte den Kopf. »Nichts Außergewöhnliches! Der Motor läuft und du quasselst!«

»Ich bin mir ganz sicher«, beharrte Joe. »Da war ein Geräusch! Es kam von hinten! So, als wär' was runterg'fall'n!«

»Was soll denn da herunterfallen?«, meinte Manfred uninteressiert. »Wir haben den Leichensack doch festgeschnallt, oder!«

»Mir?«, sagte Joe. »Soviel ich wass, hast nur *du* den festg'macht.«

»Stimmt! Das war nur ich! Du musstest ja gerade die Zigarettenmarke des Notarztes testen«, sagte Manfred lakonisch. Er schüttelte den Kopf, als stünde er vor einem großen, ungelösten Rätsel. »Wie man als Nichtraucher nur so viele Zigarettenpausen machen kann!« Er wollte noch eine sarkastische Bemerkung folgen lassen, unterbrach sich aber dann und lauschte nach hinten.

»Du hast recht«, sagte er. »Da ist irgendetwas locker geworden und schlägt immer hin und her!« Er verringerte die Geschwindigkeit und suchte nach einer Möglichkeit, anzuhalten.

»Wir werden nachsehen«, sagte er, als er in einen Waldweg einbog. »Oder besser, du wirst nachsehen!« Der Wagen hielt an und Manfred schaltete den Motor ab.

»In der Zwischenzeit werde ich mir die Beine vertreten und dabei meine wohlverdiente Rauchpause machen. Vielleicht könnte ich dazu meine Zigaretten wiederhaben.«

»Mannomann, du hast vielleicht a Laune«, brummte Joe, holte die Packung aus der Tasche seiner Sanitätsjacke und gab sie Manfred. »Okay! Ich mach des scho', obwohl – ich hab die Leiche net schlampig g'sichert!« Aber Manfred war schon aus dem Auto gestiegen und setzte gerade einen Glimmstängel in Brand.

»So a Wichtigtuer«, murmelte Joe, als er um den Wagen zur hinteren Schiebetür ging. »Der wass doch gar net, wie schwer des is', zum Rauchen aufzuhör'n.«

Er war an der Tür angelangt und wollte sie gerade aufziehen, ließ aber den Arm dann wieder sinken. Was sollte er denn hier alleine ausrichten können? Wenn der Sack mit der Leiche wirklich von der Liege gefallen war, konnte er ihn nicht ohne Hilfe wieder hochbringen. Der Mann war kein Leichtgewicht gewesen. Er war zwar nicht groß, wog aber bestimmt an die zweieinhalb Zentner! Einen Augenblick dachte er daran, nach Manfred zu rufen, verwarf aber den Gedanken dann wieder. Er wusste, wenn er Manfred jetzt stören würde, würde der wirklich sauer werden. Und Joe wollte keinen Streit, nicht in Wirklichkeit. Die kleinen Sticheleien zwischen ihm und Manfred gehörten zum Alltag. Immerhin fuhren sie schon seit etlichen Jahren zusammen im Rettungswagen.

Ich werde jetzt nachsehen, dachte Joe, und dann werde ich, falls nötig, auf Manfred warten.

Er öffnete die Schiebetür und stieg, ohne vorher einen Blick hineinzuwerfen, ins Innere des Wagens.

*

Manfred war ein Stück in den Wald gelaufen, und pfiff gemütlich vor sich hin. Der kleine Spaziergang hob seine Stimmung. Er würde noch ein paar Schritte gehen, dann umkehren und helfen, den Leichensack wieder festzuzurren. Aber zunächst sollte Joe sich mal alleine bemühen. Ein Grinsen glitt über seine Gesichtszüge. An sich fuhr er gern mit Joe im Rettungswagen. Joe konnte zwar eine furchtbare Nervensäge sein, aber der Dienst mit ihm war wenigstens nie langweilig. Jeder machte seine Späßchen auf Kosten des anderen, und keiner war dem anderen wirklich böse.

Manfred kehrte um und ging zurück. Der Weg hatte eine Biegung gemacht, sodass der Krankenwagen erst nach einiger Zeit wieder in Sicht kam.

Der Sanitäter näherte sich dem Wagen und wartete darauf, Joe fluchen und stöhnen zu hören, während er sich mit dem Leichensack herumplagte. Aber eine merkwürdige Stille umgab den Wagen. Nichts war zu hören! Unwillkürlich verlangsamte Manfred seine Schritte. Es war sehr ungewöhnlich, nichts von Joe zu hören. Normalerweise war der Kerl den ganzen Tag am Quatschen, ob ihm jemand zuhörte oder nicht.

Schließlich erreichte Manfred den Krankenwagen, ging zur Schiebetür und sah ins Innere.

Da war Joe!

Manfred wollte eine scherzhafte Bemerkung fallen lassen, aber als er seinen Kollegen sah, blieb ihm der Satz im Hals stecken. Joe saß zusammengekauert in der hinteren Ecke des Wagens. Seine Augen waren starr und angsterfüllt. Er hatte die Beine angezogen und die Arme um die Knie geschlungen. Dabei zitterte sein ganzer Körper und kein Laut kam über seine Lippen. Er schien Manfred gar nicht zu bemerken.

Dann sah Manfred, was Joe in diesen Zustand versetzt hatte, oder besser gesagt, er sah es nicht. Der schwarze Leichensack lag am Boden. Der Reißverschluss war geöffnet. Und der Sack war leer!

Hennings Leiche war nicht mehr da!

Einen Augenblick lang glaubte Manfred, er würde auch die Kontrolle über sich verlieren, doch er bekam die Panik in den Griff und ging zu der Ecke, in der Joe hockte.

»Hey, Joe«, sagte er und berührte seinen Kollegen an der Schulter. »Was ist denn los mit dir? Du siehst ja aus, als hättest du ein Gespenst gesehen!«

Joe nahm ihn erst jetzt allmählich wahr. Er starrte zunächst die Hand auf seiner Schulter an, dann wanderte sein Blick hinauf zu Manfreds Gesicht. Langsam wurden seine Augen wieder lebendig. Er öffnete die Lippen, um etwas zu sagen, aber es kam nur ein Krächzen heraus.

»Er-er …«, drang es dann mühsam aus Joes Mund. »Er hat mich …« Joe erstarrte wieder vor Entsetzen. »Er hat mich – ang'fasst!« Das letzte Wort war laut und schrill gewesen und Manfred sah Joe mit einem schnellen Seitenblick an. Ein seltsames Gefühl überkam ihn. Das war nicht gut, was Joe da erzählte, gar nicht gut! Manfred fühlte, wie sich kleine Schweißperlen auf seiner Stirn bildeten. Er blickte wieder zu dem schweren, schwarzen Sack, der wie die Hülle eines eben geschlüpften, riesigen Insekts in der Mitte des Versorgungsraumes lag. Was war mit der Leiche geschehen?

Nur nicht durchdrehen, Manfred!, redete er sich selbst zu. Einer muss hier die Ruhe bewahren. Es reicht, wenn Joe völlig fertig ist.

»Ganz ruhig, Kollege«, sagte er dann und versuchte seine Stimme beruhigend klingen zu lassen. Trotzdem konnte er ein leichtes Zittern nicht vermeiden. »Ganz ruhig! Es ist nichts passiert! Du bist doch okay, oder?« Joe schluckte etwas hinunter, das die Größe eines Tennisballs zu haben schien, und nickte hastig. Er verlor ein wenig von seiner Anspannung.

»Gut so, Joe«, redete Manfred weiter. »Und jetzt sieh mich an!« Joes Augen wanderten suchend umher, bis sie Manfreds Blick trafen. Manfred nickte ihm aufmunternd zu.

»Hallo, Kumpel«, sagte er und griff in die Tasche seines Kittels. »Ich weiß zwar, dass du das Rauchen aufgeben willst, aber ich glaube, du kannst jetzt eine Zichte vertragen!« Er holte eine Zigarette aus der Packung und steckte sie zwischen Joes Lippen. Dann gab er ihm Feuer. Joe hielt den Glimmstängel mit Daumen und Zeigefinger fest, als hätte er Angst ihn zu verlieren. Dann sog er heftig den Rauch in die Lungen. Die Zigarette tat ihm offensichtlich gut. Er löste die Arme, die um die Knie geschlungen waren und streckte die Beine ein wenig.

»Geht's dir wieder besser?« Manfred beobachte aufmerksam Joes Bewegungen.

Joe nickte und zog wieder an der Zigarette. »Ja«, antwortete er mit seiner normalen Stimme. »Ich denk', es geht!«

»Gut, dann sag mir nur eins!« Manfred legte seine Hand fester auf die Schulter seines Kollegen. »Wo ist der Tote?«

»Wech«, murmelte Joe. »Er is' wech!«

»Das sehe ich selbst«, sagte Manfred. »Aber, wo ist er hin? Wer hat ihn geholt?« Wie er erwartet hatte, schüttelte Joe den Kopf.

»Niemand hat ihn g'holt! Der ist wechg'lauf'n! Und vorher …« Joe nahm einige schnelle Züge von der Zigarette und verstummte.

»Jetzt hör mir mal gut zu! Ein Toter kann nicht weglaufen! Und jetzt erzählst du mir alles der Reihe nach! Schön der Reihe nach! Also, du bist nach hinten gegangen …«

»Ja, genau«, sagte Joe, als müsste er sich an lang vergangene Ereignisse erinnern. »Ich bin in den Wagen g'stieg'n, wegen den Geräuschen. Und da is' der Leichensack am Boden. Mit Henning drin.

Dann hab ich g'seh'n, dass der Reißverschluss halb offen war. Ich hab mich noch g'wundert, wie sowas passieren kann. Ich wollt' ihn wieder zumachen, dann …« Er unterbrach sich und sah Manfred prüfend an. Panik flackerte in seinem Blick auf. »Du darfst net denken, dass ich verrückt bin, wenn ich dir erzähl', was dann passiert is'.«

Manfred schüttelte den Kopf. »Würde ich nie tun! Du bist vielleicht manchmal ein Spinner, aber ich sehe ja selbst, dass Henning weg ist.« Er bemerkte, dass Joes Zigarette heruntergebrannt war und reichte ihm eine neue.

»Danke, Mampf«, sagte Joe und lächelte schwach. »Ich kauf mir selber wieder welche, ehrlich!« Dann wurde seine Miene wieder ernst und er erzählte weiter. »Ich wollt' also den Reißverschluss zumachen. Dabei hab ich die Leiche g'seh'n. Na, teilweise wenigstens! Der Kerl hat so tot ausg'schaut, wie's nur geht. Mausetot! Blau im ganzen G'sicht, du wasst ja wie a Herztoter ausschaut! Aber als ich mich bück, bewegt sich was unter der Plastikschicht. Und plötzlich öffnet der die Augen, sei' Hand schießt nach oben und schubst mich wech. Ich stolper' und fall' hin.« Er machte wieder eine Pause und sah links und rechts neben sich auf den Boden.

»Ich bin dann rückwärts daher 'krochen und hab mich nimmer g'rührt. Aber ich hab alles gesehen! Der Tote setzte sich auf, sah um sich. Dann erhob er sich ganz und ging weg!« Joe verstummte.

»Scheintot«, sagte Manfred und nickte immer wieder mit dem Kopf, als müsste er sich die Richtigkeit seiner Behauptung selbst bestätigen. »Natürlich scheintot! Du weißt doch auch, dass es das gibt!«

»Nein, nein! Ich hab scho' genug Leut' von der Fahrbahn 'kratzt, um zu wissen, wie a Toter ausschaut. Der Mann war tot! Er is' an einem Herzanfall g'storben. Seine Augen! Da war nix Lebendiges drin. Und bewegt hat er sich wie …, na, wie so a Roboter, abgehackt und völlig unmenschlich.« Joes Stimme war lauter geworden. »Der war tot! Wenn net, such ich mir auf der Stelle einen anderen Job!«

Manfred beschloss, nicht mehr mit Joe zu diskutieren.

»Ich glaub's dir«, sagte er nur kurz. »Ich denke, wir sollten jetzt wieder nach vorne gehen, und zum Krankenhaus fahren. Die warten bestimmt schon auf uns! Und während der Fahrt können wir uns überlegen, was wir denen erzählen. Fest steht, dass Henning verschwunden ist. Und nach dem, was du erzählt hast, habe ich nicht die geringste Lust, nach ihm zu suchen!«

12. KAPITEL

Linda sah nachdenklich aus dem Fenster. Draußen dämmerte es. Das graue Licht, das den Tag über geherrscht hatte, wurde noch düsterer und allmählich nahm die Dunkelheit zu. Die Bäume in ihrem Garten verwandelten sich in dunkle Schatten und die Äste ragten wie Arme von Ertrinkenden in den Abendhimmel. Ein ungutes Gefühl beschlich Linda, sie wandte sich vom Fenster ab und knipste die Deckenlampe ihres Arbeitszimmers an. Die Dunkelheit, die sich auch im Zimmer ausgebreitet hatte, verschwand.

Linda war allein. Marco hatte ihr zwar angeboten, bei ihr zu bleiben, und es war ihr wirklich schwergefallen, den jungen Mann, der sich so für sie eingesetzt hatte, wegzuschicken. Aber sie brauchte jetzt ein paar Stunden Ruhe. Zu viel war geschehen an diesem Tag. Das Eigenartige war, dass sie sich fast ohne Schwierigkeiten mit der Rolle der Wächterin abgefunden hatte. Es war so, als hätte etwas in ihr geschlummert, ein Teil ihrer Persönlichkeit, der bis jetzt nicht aktiv gewesen war. Und kaum war sie sich ihrer Aufgabe bewusst geworden, hatte sie schon einen massiven Angriff der Gegenseite abwehren müssen.

Aber durch Hennings Tod ist die Gefahr vorerst beseitigt, dachte Linda erleichtert. Sie freute sich nicht, dass Henning nicht mehr lebte. Er war nur ein Opfer dieses bösartigen Wesens gewesen, das offensichtlich dort oben in der Finstermail hockte und seine finsteren Pläne schmiedete.

Linda war sich sicher, dass es nicht bei diesem einzigen Angriff auf sie bleiben würde. Aber da die Schwarze Uhsa den näheren Umkreis der Opferhöhle nicht verlassen konnte, solange sich sie – Linda, die Wächterin – im Tal aufhielt, würde es wahrscheinlich einige Zeit dauern, bis die Hexe wieder zuschlagen konnte. Linda würde trotzdem versuchen, wachsam zu bleiben.

Aber nun fühlte sie sich müde. Die vergangene Nacht – unter dem Einfluss des magischen Beutels – und die Anstrengungen des Tages steckten in ihren Knochen. Tatsächlich fühlte sie sich wie gerädert.

Ein paar Stunden Schlaf werden mir guttun, dachte sie. Sie musste lachen, als sie an sich herabsah. Sie trug immer noch ihr Nachthemd und den Bademantel darüber.

Was soll's, so muss ich mich nicht erst umziehen, dachte sie, als sie sich aufs Bett legte und sich wohlig streckte.

Fast sofort fielen ihr die Augen zu und sie schlief ein. Draußen nahm die Dunkelheit den Garten um Lindas Haus in Besitz. Gramstein und die umgebende Landschaft versanken in sternenloser Schwärze.

In dieser Finsternis näherte sich etwas dem Dorf.

*

Henning war tot. In seinem Gehirn existierten keinerlei Erinnerungen an sein Leben mehr. Sein Herz hatte aufgehört zu schlagen und kein Blut floss mehr durch die Adern, das seinen Körper hätte wärmen können. Und doch lebte etwas in ihm. Die Nervenbahnen, die seine Körperfunktionen kontrollierten, waren mit einer geheimnisvollen Kraft aufgeladen, einer magischen Elektrizität, die von dem Amulett ausging, das auf der Brust des leblosen Körpers hing. Diese Kraft bewegte den Körper, der wie ein Automat auf die Impulse reagierte, die ihn durchströmten.

Hennings seelenlose Hülle bewegte sich quer durch das Gelände auf Gramstein zu. Wie durch einen inneren Kompass geleitet, fand die Gestalt ihren Weg. Ihre Bewegungen waren eckig und ungelenk. Die schwarzen Lederschuhe waren mit Schlamm bedeckt. Äste peitschten in das maskenhafte Gesicht und dornige Zweige rissen an den Kleidungsstücken, als Henning sich seinen Weg durch den Wald bahnte.

All das konnte ihn nicht aufhalten. Sein ganzes unnatürliches Leben war nur auf ein Ziel ausgerichtet: Linda Bauer zu finden und zu Uhsa zu bringen!

Nur wenige Kilometer von Gramstein entfernt, war Henning aus dem Krankenwagen entkommen. Es würde keine drei Stunden dauern, bis er sein Ziel erreicht hatte!

*

Linda erwachte durch ein splitterndes Geräusch, das aus der Küche kam. Sofort war sie hellwach. Sie setzte sich im Bett auf und lauschte. Im Zimmer war es hell, sie war eingeschlafen, ohne vorher noch das Licht auszuschalten. Wieder ertönte ein Klirren. Lindas Herz begann laut zu hämmern.

Ein Einbrecher!

Nein, kein Einbrecher! Linda wusste instinktiv, dass dies ein neuerlicher Angriff der Schwarzen Uhsa war. Unsicher blickte sie sich um. Dann fiel ihr Blick auf den Schreibtisch. Dort lag noch die Pistole, die sie am Nachmittag Henning abgenommen hatte. Entschlossen stand sie auf und nahm die Waffe in die Hand. Sie betrachtete sie und entdeckte einen kleinen Hebel an der Seite. Mit etwas zittrigen Fingern bewegte sie ihn und mit einem leisen Klicken rastete der Schalter in seiner neuen Position ein. Linda hoffte, dass die Waffe jetzt entsichert war.

Vorsichtig bewegte sie sich zur Tür, öffnete sie leise und schlich über die Diele zur Küchentür, die nur angelehnt war. Durch den schmalen Spalt konnte sie in den Raum blicken. Es war so finster, dass sie nur Schatten sah. Aber langsam gewöhnten sich ihre Augen an die Dunkelheit.

Da sah sie den Eindringling!

Mit eckigen Bewegungen ging er durch den Raum auf die Tür zu. Linda kamen die Umrisse des Körpers bekannt vor.

Sie erschrak. Das war doch unmöglich!

Es war Henning, der da durch die Küche tappte!

Hatte er am Nachmittag nur Theater gespielt und den Herzanfall vorgetäuscht? Nun, dann war er ein sehr guter Schauspieler, wenn er einen Herzstillstand imitieren konnte.

Auf jeden Fall hatte sie im Augenblick noch den Vorteil der Überraschung auf ihrer Seite, und mit der Waffe in der Hand sollte sie den Versicherungsvertreter schnell unter Kontrolle bringen. Sie hatte gesehen, welch ein Feigling Henning war, wenn er sich unterlegen fühlte.

Mit einer schnellen Bewegung stieß sie die Tür auf, erreichte mit einem sicheren Handgriff den Lichtschalter an der Wand und betätigte ihn, während sie mit der anderen Hand die Pistole in Richtung der Gestalt gerichtet hielt.

»Was wollen Sie hier?«, fragte sie mit lauter Stimme. Die Glühbirne in der Deckenlampe leuchtete auf und tauchte den Raum in helles Licht. Für einen kurzen Augenblick war sie geblendet.

»Nehmen Sie die Hände hoch, Henn ...« Sie verstummte vor Entsetzen, als sie sah, was da in ihr Haus eingedrungen war. Es war Henning, kein Zweifel, aber er sah fürchterlich aus!

Der Anzug, den er am Körper trug, bestand zum größten Teil nur noch aus Fetzen. Große, braune Schmutzflecken bedeckten Knie und Ellenbogen. Einen Schuh hatte er verloren. Durch den zerrissenen Strumpf konnte man den bläulich-schwarz verfärbten Fuß sehen. Die gleiche Farbe hatten die Hände, die er in einer unnatürlichen Art vor seinen Körper hielt.

Die Gesichtshaut war ähnlich wie Hände und Füße blau angelaufen. An mehreren Stellen war die Haut zerkratzt oder aufgerissen. Auch die Kopfhaut hatte sich teilweise abgelöst. Ganze Haarbüschel waren mitsamt der Haut ausgerissen worden. Aber kein Blut floss aus den Wunden. Dabei war das ganze Gesicht starr und ausdruckslos wie eine Maske. Aber das Schrecklichste an der Gestalt waren die Augen!

Starr und leblos blickten sie auf Linda. Sie waren weit geöffnet, kein Blinzeln belebte ihren Blick, als das Licht der Glühbirne hineinfiel. In diesen Pupillen war kein Leben zu finden.

Eine eiskalte Gänsehaut breitete sich in Lindas Nacken aus. Henning war tot, und er stand doch hier, zwar schwankend, aber irgendeine Kraft schien Macht über seinen toten Körper zu besitzen! Das konnte nur Uhsas Werk sein!

Offensichtlich hatte Linda Uhsas Fähigkeiten unterschätzt. Aber diese Einsicht nutzte jetzt nichts, sie musste etwas unternehmen, denn Henning bewegte sich langsam mit ausgestreckten Armen auf sie zu. Die Finger waren klauenartig gekrümmt.

»Bleiben Sie stehen«, rief sie mit zitternder Stimme. »Ich schieße!«

Der lebende Tote blieb unbeeindruckt. Linda bezweifelte, dass er sie überhaupt gehört hatte.

Schritt für Schritt schob er sich auf die junge Frau zu. Ein dumpfes Stöhnen drang aus seiner Kehle. Und mit jedem Zentimeter, den er auf sie zukam, wurde es Linda deutlicher: Henning war kein Mensch mehr, er war ein Monster!

Als ihr diese Tatsache bewusst wurde, zögerte sie nicht länger. Sie zielte auf Hennings Brust und drückte ab. Mit einem erstaunlich leisen Knall, der Linda an die Luftgewehre auf dem Jahrmarkt erinnerte, löste sich der Schuss. Das Geschöpf taumelte, als ihn der Stoß der Kugel, die in seine Brust fuhr, nach hinten warf.

Aber er fiel nicht!

Kaltes Entsetzen packte Linda. Sie begann zu schreien und drückte immer wieder den Abzug durch.

Kurz bevor sie ohnmächtig wurde, jagte ihr die Erkenntnis durch den Kopf, dass man Tote nicht umbringen kann!

*

Marco hatte sich nach dem Abendessen auf sein Zimmer zurückgezogen. Nun saß er an dem Tischchen und blätterte gedankenverloren in dem Tagebuch von Lindas Großmutter, das er mit Lindas Erlaubnis mitgenommen hatte.

Er hatte ein ungutes Gefühl gehabt, als er Linda am späten Nachmittag allein in ihrem Haus zurückgelassen hatte. Aber sie hatte wohl recht gehabt, als sie behauptete, dass nach dem Tod von Ralf Henning die Gefahr vorerst gebannt war. Die Schwarze Uhsa würde Zeit brauchen, um einen neuerlichen Anschlag auf die Wächterin vorzubereiten. Außerdem hatte er Lindas Bedürfnis nach Ruhe gut verstehen können. Auch er genoss es, sich nach den Anstrengungen des Tages zurückziehen zu können. Und er war sich sicher, dass im Augenblick Linda keine Gefahr mehr drohte.

Marco konzentrierte sich wieder auf das Tagebuch. Er bewunderte die Ausführlichkeit, mit der Lindas Großmutter über die böse Kraft in der Finstermail berichtete. Er fragte sich, woher die Frau ihr Wissen gehabt hatte. Die alte Überlieferung von Uhsa und Gerlande war wohl über die Jahrhunderte immer wieder von der jeweiligen Wächterin an die Enkelin weitergegeben worden zu sein. Zu Beginn war dies sicherlich nur mündlich geschehen, da zu früheren Zeiten Lesen und Schreiben nicht sehr verbreitet waren. Und Lindas Großmutter hatte sich entschieden, erstmals die Erzählungen und Geschichten um die Opferhöhle schriftlich festzuhalten.

Marco hatte einen großen Teil des Geschriebenen schon bei Linda gelesen, aber dann war er durch das Auftauchen von Henning unterbrochen worden. Nun saß er wieder über den in Sütterlinschrift aufgezeichneten Zeilen, und dachte, dass es eigentlich Lindas Aufgabe wäre, das Tagebuch zu studieren.

Plötzlich begann er aufmerksamer zu lesen. Was hier stand, beunruhigte ihn und seine Sorge wuchs, als er weiter las.

Zu den Zeiten als die Schwarze Uhsa über das Tal herrschte, gab es eine Person, die die Bewohner fast genauso fürchteten wie die Hexe selbst. Den Amulettträger. Mithilfe eines magischen Amuletts war der Träger unlösbar mit seiner Herrin verbunden. Das Amulett gab ihm unerschöpfliche Energie. Der Träger des Amuletts war der treueste Diener der Mondhexe, er war Bote und Leibwächter.

Doch das Leben dieses Dieners währte nicht lange. Die Kraft, die von dem Amulett ausging, verzehrte die Person meist innerhalb weniger Wochen oder Monate, sodass der Körper des Trägers an Erschöpfung zugrunde ging.

Der Tag, an dem Uhsas Diener starb, war mit einem schrecklichen Ereignis verknüpft. Denn Uhsas Amulett hatte nicht nur Gewalt über den lebenden Menschen. Mithilfe des magischen Gegenstands konnte sie auch über den toten Körper gebieten.

Hier machte Marco eine kurze Pause. Er versuchte, das soeben Gelesene in einen logischen Zusammenhang mit den Ereignissen des vergangenen Tages zu bringen.

Sollte Henning ein Amulettträger gewesen sein? Marco hatte nicht bemerkt, dass der Mann etwas um den Hals getragen hatte. Aber er hatte auch nicht darauf geachtet.

Bei der Untersuchung von Hennings Leichnam hatte er den Blick abgewandt. Er fand keinen Gefallen daran, tote Menschen zu betrachten.

Marco senkte den Kopf wieder und las weiter.

Es war sehr schwierig, den Träger des Amuletts von seinem Los zu befreien. Wer versuchte, ihm das Lederband über den Kopf zu ziehen, wurde entweder bei dem Versuch von dem Träger selbst daran gehindert, oder aber er verwandelte sich, sobald er die Zauberkette in der Hand hielt, selbst zum Diener von Uhsa. Es soll zu Gerlandes Zeiten einen Fall gegeben haben, bei dem sich eine junge Frau für ihren Geliebten geopfert hatte, der zum Träger des Amuletts geworden war.

Marco konnte nicht mehr weiterlesen. Er war aufgesprungen. Wenn nun jemand das Amulett bei Henning fand und es an sich nahm!

Dann konnte es sein, dass noch in dieser Nacht eine unbekannte Person, ein Arzt, ein Sanitäter oder sogar eine Krankenschwester zu Uhsas neuem Diener wurde. Die Gefahr für Linda war keineswegs vorbei! Er musste sofort zu ihr!

Aber vorher würde er noch das Krankenhaus benachrichtigen. Auf keinen Fall durfte es dazu kommen, dass man Henning das Amulett abnahm. Deshalb durfte er keine Sekunde verlieren!

Schon auf der Treppe zur Gaststube, wo sich das einzige Telefon des Hauses befand, schlüpfte Marco in die Ärmel seines Trenchcoats. Rabe war gerade damit beschäftigt, die Tische abzuwischen und die Stühle hochzustellen. Er erwartete anscheinend heute keinen Besucher mehr. Überrascht blickte er auf, als Marco in die Gaststube stürmte.

»Gu'n Abend, Herr Ringer«, sagte er verwundert. »Woll'n Sie noch wech?«

»Ich muss dringend telefonieren«, rief Marco und blätterte bereits hastig im Telefonbuch. »Das Kreiskrankenhaus, ich brauche die Nummer.« Zu seiner Überraschung konnte ihm Rabe die Zahlen aus dem Kopf nennen.

»Mei' Mutter war lang dort, wie sie die G'schicht mit die Venen g'habt hat«, erklärte Rabe, bemüht, ein Gespräch zu beginnen. Aber Marco hatte im selben Augenblick schon den Hörer abgenommen und gewählt. Das Tuten des Freizeichens erschien ihm unendlich lange.

»Nun heb schon ab«, flüsterte er, und im selben Moment meldete sich eine gelangweilte Männerstimme. Marco unterbrach die langatmig vorgetragene Begrüßung des Nachtpförtners und verlangte, sofort die Pathologie zu sprechen. Er wurde ohne einen weiteren Kommentar verbunden.

Wieder dauerte es nach Marcos Empfinden viel zu lange, bis jemand den Hörer abnahm.

»Pathologie! Schwester Helga«, meldete sich eine unwillige Frauenstimme. Marco atmete tief durch, seine Anliegen war wohl mehr als ungewöhnlich. Hoffentlich würde man ihm glauben.

»Es geht um den Leichnam, den man heute Abend bei Ihnen eingeliefert hat!« Er versuchte, seine Stimme ruhig klingen zu lassen. »Henning, Ralf Henning, so lautet der Name des Verstorbenen.«

»Tut mir leid«, ertönte die resolute Stimme der Schwester. »Bei uns ist heute Abend niemand angekommen, Herr …«

»Ringer«, erwiderte Marco schnell. »Aber das tut jetzt nichts zur Sache. Sie sagen, bei Ihnen sei niemand eingeliefert worden. Das gibt es nicht! Ich war doch selbst beim Abtransport dabei! Ist denn der Krankenwagen nicht eingetroffen?«

Eine Weile blieb es am anderen Ende der Leitung still, dann meldete sich die Schwester wieder. Ihre Stimme klang nicht mehr so selbstsicher, als sie antwortete. »Herr Ringer? Nun …«, sie zögerte. »Es ist etwas Seltsames geschehen. Der Krankenwagen ist angekommen. Die beiden Sanitäter waren, wie soll ich sagen, ganz schön mit den Nerven runter. Es mag jetzt zwar blöd klingen, aber …«, die Krankenschwester machte eine Pause, »… der Leichnam ist nicht mehr da!«

»Was soll das heißen, nicht mehr da?«, fragte Marco entsetzt und ein Anflug von Panik ließ seine Stimme zittrig klingen.

Wieder zögerte die Schwester. »Hören Sie, ich kann Ihnen jetzt nur erzählen, was ich von den beiden Sanitätern gehört habe. Der Krankenwagen hat auf der Strecke einmal angehalten, und während dieses Aufenthalts ist der Leichnam verschwunden. Die beiden vermuten, dass Henning gar nicht tot war, nur scheintot, wissen Sie?«

»Wo war das?«, fragte Marco hastig. »Wo hat der Wagen angehalten?«

»Kurz vor der Auffahrt zur Autobahn«, antwortete die Schwester. »Etwa zehn Kilometer hinter Gramstein. Wissen Sie vielleicht etwas über den Verbleib …«

Marco hatte das Gespräch abgebrochen. Er hatte genug gehört. Seit der Krankenwagen vor Lindas Haus weggefahren war, waren etwa vier Stunden vergangen. Zeit genug für das Wesen, das einmal der

Versicherungsvertreter Ralph Henning gewesen war, die zehn Kilometer zu Fuß zurückzulegen. Er musste jetzt sofort zu Linda, und er hoffte, dass er nicht zu spät kam.

Marco verfluchte die Tatsache, dass er keinen Führerschein und kein Auto besaß. Er würde alles zu Fuß erledigen müssen. Aber vielleicht gab es da noch eine Möglichkeit …

Wie ein Wilder trat Marco in die Pedale des klapprigen Fahrrads. Bei jeder Umdrehung gab es ein schepperndes Geräusch, wenn das Pedal über das Metall des Schutzblechs schleifte. Er musste aufpassen, dass er beim Treten nicht allzu viel Kraft einsetzte, denn die Kette war locker, und ein paarmal hatte er schon gedacht, sie wäre vom Zahnrad gesprungen, als das Pedal plötzlich ohne Widerstand durchsackte.

»Is' noch ganz gut in Schuss, der Drahtesel«, hatte Rabe gesagt, nachdem er ihn in die Scheune hinter dem Haus geführt hatte. Marco stellte sich zwar etwas anderes unter einem guten Fahrrad vor, aber immerhin war er wesentlich schneller als zu Fuß.

Bis zum Dorfrand war es nicht weit. Schon bald tauchten im Dunkel die Umrisse von Lindas Häuschen auf. Von außen konnte Marco nichts Auffälliges zu erkennen. Hennings BMW stand immer noch vor dem Gartentor. Marco wusste nicht, ob das ein gutes Zeichen war. Nach kurzem Überlegen entschied er, dass das

Vorhandensein von Hennings Wagen nichts zu bedeuten hatte. Schließlich war Henning tot, und Marco bezweifelte, dass er noch fähig war, einen Wagen zu lenken.

Marco machte sich nicht die Mühe, das Fahrrad abzustellen. Er ließ es einfach am Straßenrand liegen und lief aufs Haus zu. Ein paarmal schlug er heftig gegen die Tür, aber aus dem Innern des Hauses erfolgte keine Reaktion.

»Verdammt«, keuchte er. »Linda, komm schon! Öffne die Tür!« Aber außer seinem lauten Atem war nichts zu hören.

Die Verandatür! Vielleicht konnte er dort ins Haus gelangen! Mit schnellen Schritten folgte er dem gepflasterten Weg ums Haus. Ein schmaler Lichtstreifen erhellte ein Stück des Gartens vor ihm, als er um die Ecke bog. Die Helligkeit musste aus der Küche kommen.

Dort brannte noch Licht!

Marco schöpfte wieder Hoffnung. Aber als er auf der Veranda ankam, blieb er erschrocken stehen. Die Scheibe der Tür, die in die Küche führte, war eingeschlagen worden. Wie riesige, durchsichtige Zähne ragten die Reste des Fensterglases aus dem Rahmen.

Marco stieg durch die Öffnung. Im ganzen Haus war es still. Nichts deutete darauf hin, dass sich jemand hier befand. Marco sog die Luft ein und rümpfte die Nase. In der Küche herrschte ein schwerer, süßlicher Geruch, der Übelkeit erregte. War das der Gestank von Hennings untotem Körper? Marco strich sich hastig die blonden Haare aus der Stirn. Er ahnte, dass er zu spät gekommen war. Ohne viel Hoffnung ging er durchs Haus und blickte in die anderen Räume. Überall empfing ihn nur Stille!

Als er in die Küche zurückging, stieß sein Schuh gegen einen schweren Gegenstand, der am Boden lag. Marco bückte sich und hob die Pistole auf. Linda hatte also versucht, sich zu wehren!

Wohl ohne Erfolg, dachte er bitter. Uhsa hatte ihr Ziel erreicht!

Mit hängenden Armen stand Marco da, die Pistole in seiner Rechten zeigte auf den Boden. Er ließ sie fallen, sie würde ihm sowieso nichts nützen. Genauso wenig, wie sie Linda genutzt hatte! Erst jetzt wurde ihm bewusst, wie gern er die junge Lehrerin gehabt hatte. Er hatte noch nie daran gedacht, sich fest zu binden, da er die meiste Zeit unterwegs war. Mit Linda wäre es vielleicht anders gewesen.

Er erschrak, als er sich dabei ertappte, dass er von der jungen Frau schon in der Vergangenheit dachte. Er tat ja gerade so, als wäre sie schon tot und nicht mehr zu retten.

Aber vielleicht war es noch nicht zu spät. Marco nahm an, dass Henning zu Fuß unterwegs war, also musste er den ganzen Weg zu Uhsa laufen. Und die Hexe wollte die Wächterin bestimmt lebend haben, sonst hätte sie Linda schon lange töten können. Mit etwas Glück und wenn er sich sehr beeilte, konnte Marco ihn vielleicht noch einholen, bevor es zu spät war. Aber er musste ganz schnell in die Finstermail gelangen.

Er hatte ein Fahrrad, gut! Aber es würde lange dauern, bis er mit dem Drahtesel die Finstermail erreicht hätte, und – da war noch der ganze Weg durch den dichten Wald.

Marco verließ das Haus und sah sich im Garten um. Er zwang sich, ruhig zu bleiben und nachzudenken. Trotz der Dringlichkeit wollte er nichts übereilen und vielleicht nochmal einen Fehler machen. Die Nacht war stockdunkel – kein Stern war am Himmel zu sehen, der Mond war hinter dichten Wolken verborgen. Wie ein schwarzer Block stand Hennings Wagen auf der Straße vor dem Haus. Der Versicherungsvertreter, der zum Träger des Amuletts der Hexe geworden war, würde den BMW nie mehr fahren. So viel stand für Marco fest. Henning nicht, aber vielleicht …?

Er musste es versuchen! Er hasste zwar Autos, aber als schnelles Fortbewegungsmittel waren sie manchmal wirklich Gold wert. Sehnlich hoffte Marco, dass der Wagen nicht abgeschlossen war, als er darauf zuging. Er nahm den Türgriff in die Hand, drückte den kleinen Hebel auf der Innenseite des Türgriffs, ein leises Klicken ertönte und die Tür ließ sich aufziehen.

Marco atmete tief durch, als er auf dem Fahrersitz Platz nahm. Er schloss die Tür nicht wieder, da sonst die Innenbeleuchtung ausgegangen wäre. In dem etwas schwachen Licht sah sich Marco im Auto um. Er versuchte sich zu erinnern, wann er das letzte Mal ein Auto gefahren hatte.

Es war lange her!

Marco hatte nie den Führerschein gemacht, aber er hatte schon einmal hinter einem Lenkrad gesessen. Damals war er sechzehn gewesen. Auf dem Grundstück eines Freundes waren sie mit einem uralten VW Käfer hin und her gefahren. Der Wagen war – soweit sich Marco erinnern konnte – recht leicht zu bedienen gewesen. Kupplung treten, Gang rein, etwas Gas, den Fuß langsam von der Kupplung nehmen und losfahren. Das war bei allen Autos gleich. Also würde er auch Hennings BMW fahren können.

Zunächst musste er den Motor starten. Also, Zündschlüssel drehen und …

Zündschlüssel, schoss es durch Marcos Kopf. Er Idiot! Ohne Zündschlüssel kam er keinen Meter vom Fleck.

Er beugte sich nach vorne und legte den Kopf auf die Seite, um das Zündschloss sehen zu können. Erleichtert atmete er auf, als er sah, dass der Schlüssel steckte.

So weit, so gut!

Marco tastete mit dem linken Fuß nach dem Kupplungspedal, drückte es durch und ließ es wieder los. Genau so! – So musste es gehen!

Er atmete noch einmal tief durch, dann drehte er den Schlüssel. Mit einem lauten Brummen sprang der Wagen an, machte einen Satz nach vorne und der Motor starb mit einem seufzenden Geräusch ab. Marco wischte sich über die Stirn und stellte fest, dass sie nass von Schweiß war.

Verdammt, verdammt, dachte er. Er musste sich konzentrieren! Also noch mal von vorne: Kupplung treten, Anlassen, Kupplung langsam kommen lassen, dabei etwas Gas geben.

Marco versuchte es in dieser Reihenfolge und langsam setzte sich das Auto in Bewegung. Zum Glück stand der Wagen in der richtigen Richtung, sodass er nicht wenden musste.

Marco sah durch die Windschutzscheibe nach draußen. Schwärzeste Finsternis herrschte dort, man konnte kaum einen Meter weit sehen. Es würde schwierig werden, der Straße zu folgen …

Langsam aber sicher kam sich Marco wie ein Trottel vor. Er musste doch nur die Scheinwerfer einschalten! Aber das war leichter gesagt, als getan – er hatte keine Ahnung, welchen Hebel oder Schalter er benutzen sollte.

Und der Wagen bewegte sich ungerührt weiter nach vorne.

Marco trat auf die Bremse, der Motor bockte und erstarb hustend. Aber der Wagen stand. Marco öffnete wieder die Fahrertür, um die Innenbeleuchtung einzuschalten. Nach einigen Versuchen, bei denen er unter anderem die Funktion der Scheibenwaschanlage und der Warnblinker kennenlernte, flammten endlich die Scheinwerfer auf.

Marco schloss die Tür wieder, startete den Wagen und fuhr los.

*

Bald hatte der junge Mann den Wagen so gut im Griff, dass er es wagte, in den zweiten Gang zu schalten. Mit überdrehtem Motor, der einen Höllenlärm verbreitete und dicke Qualmwolken aus dem Auspuff entließ, näherte sich der BMW dem Wald oberhalb von Gramstein.

Marcos Hände schwitzten. Das Lenken des Fahrzeugs erforderte seine ganze Konzentration. Doch er kam gut voran und nach wenigen Minuten hatte er die Stelle erreicht, wo der Waldweg von der Landstraße abzweigte. Hier hatte er am gestrigen Vormittag die rätselhaften Fußspuren gefunden. Marco war sich inzwischen sicher, dass die Abdrücke von Henning gestammt hatten.

»Mal sehen, ob das Auto auch geländegängig ist«, brummte er und nahm den Fuß vom Gas, als er in den Waldweg einbog. Die Scheinwerfer beleuchteten den schlammigen Pfad, der fast zu schmal für den breiten BMW aussah.

Tiefe Löcher und harte, dicke Wurzeln, die aus dem Erdreich ragten, machten die Fahrt zu einer Rütteltour. Äste schlugen gegen die Windschutzscheibe und immer wieder ertönte von unten lautes Krachen und Schleifen, wenn das Bodenblech auf dem holprigen Waldboden aufschrammte.

Marco biss die Zähne zusammen und steuerte den Wagen weiter durch die Nacht. Es konnte nicht mehr weit bis zu der Stelle sein, von der aus er durch das Dickicht zur Lichtung gelangen konnte. Diesen letzten Teil des Weges würde er dann zu Fuß zurücklegen müssen.

Aber vorher würde er jeden Meter fahren. Dass er dabei Hennings Wagen zu Klump verarbeitete, war ihm nicht einmal bewusst. Energisch trat er aufs Gas, als er vor sich einen Baumstamm über dem Weg liegen sah. Der Motor heulte auf. Ein Stoß schüttelte Marco durch, als die Vorderräder auf den Stamm trafen. Einen kurzen Moment schien es, als würde das Hindernis nicht zu bewältigen sein.

Aber als Marco das Gaspedal bis zum Anschlag durchtrat, griffen die Räder und mit einem Satz bewegte sich das Auto wieder vorwärts. Marco atmete auf und schrak im selben Augenblick zusammen, als ein ohrenbetäubender, brüllender Lärm ertönte. Der Baumstamm hatte den Auspuff abgerissen und mit lautem Knattern verließen die Abgase nun ungedämpft den Motorblock.

Egal, dachte Marco und fuhr ungerührt weiter.

Dann erkannte er endlich im Scheinwerferlicht die beiden Sträucher, die den Durchgang zur Lichtung markierten. Er trat auf die Bremse und würgte den Motor ab. Völlig verschwitzt öffnete er die Fahrertür und stieg aus. Er atmete einige Male kräftig durch, um die Aufregung, die ihn während der Fahrt gepackt hatte, abzuschütteln.

Dann blickte er um sich. Sicher war, dass es von hier aus keine hundert Meter bis zu der Lichtung in der Finstermail waren, neben der die Opferhöhle lag. Sicherlich hatte Henning die junge Lehrerin dorthin gebracht. Auf dem Weg bis hierher hatte er keine Spur von den beiden sehen können. Henning war also ziemlich schnell gewesen. Vermutlich war er schon bei Uhsa oder würde bald dort sein.

Linda schwebte in höchster Lebensgefahr.

*

Das Gesicht der Hexe tauchte vor ihr auf. Die dunklen, schillernden Augen und die scharf geschnittenen Gesichtszüge waren Linda bekannt. Sie hatte diese Frau in ihrem Alptraum gesehen. Aber dies hier war kein Traum, so sehr sich Linda es auch wünschte.

Sie lag auf einem harten Untergrund – wie auf einem Tisch. Die Umgebung wurde erleuchtet von einigen Fackeln, die ein blasses, grünes Licht ausstrahlten. Sie konnte Wände aus massivem Gestein erkennen. Auch die Decke des Raums, in dem sie sich befand, war aus Fels. Sie befand sich also in einer Höhle.

Die Drudnhöhle!, schoss es ihr durch den Kopf.

An die Umstände, wie sie hierhergekommen war, konnte sie sich nur undeutlich erinnern. Sie war ohnmächtig gewesen. Henning musste sie gefesselt und dann die ganze Strecke durch den Wald hierher getragen haben.

Einige Male hatte Linda die Augen geöffnet, aber sie hatte nur schwankenden Waldboden unter sich erkannt und einen unerträglichen Gestank bemerkt, der ihr in die Nase drang. Jedes Mal hatte sie dann die Augen wieder geschlossen und war in eine Art Dämmerzustand geflüchtet, der sie davor bewahren sollte, der grausigen Realität bewusst zu werden.

»Sei willkommen, Wächterin«, ertönte die dunkle Frauenstimme Uhsas, die sich über Linda gebeugt hatte. »Ich bin erfreut, dich hier bei mir begrüßen zu können, sehr erfreut sogar!« Sie lachte kurz und hässlich auf, ihre Augen blitzten. »Leider wird unsere Begegnung nicht lange dauern, denn du wirst uns bald wieder verlassen. Denn noch in dieser Nacht wirst du sterben!«

Linda hatte Gelegenheit, ihre Gegnerin genauer zu betrachten. Sie sah eine Frau vor sich, die dem Äußeren nach etwa dreißig Jahre alt war.

Aber irgendetwas schien mit dem Alter nicht zu stimmen. Die Gesichtszüge waren nicht konstant. Immer wieder hatte Linda den Eindruck, als würden sie verschwimmen.

So als würde Uhsa ständig altern. Bei normalen Menschen konnte man diesen Vorgang nur über Jahre hinweg beobachten. Bei der Hexe war der Vorgang des Alterns anscheinend beschleunigt. Linda glaubte sogar zu sehen, wie sich über Uhsas Nasenwurzel eine Falte in die Haut grub, wie ein Sprung im Spiegel, der sich vergrößert, wenn man mit dem Daumen dagegen drückt.

Dann sah sie den Reif, den die Frau um die Stirn trug und der die langen schwarzen Haare zusammenhielt. Linda erinnerte sich an die Aufzeichnungen ihrer Großmutter. Der Stirnreif mit dem Mondstein in der Mitte machte die Schwarze Uhsa unsterblich, aber sie wurde jeden Tag um sieben Jahre älter oder jünger, je nachdem, ob der Mond ab- oder zunehmend war.

»Du sagst nichts?«, erklang Uhsas Stimme neben ihrem Ohr. »Willst du mich nicht begrüßen, nach so vielen Jahren?«

Ich habe Sie noch nie gesehen!, wollte Linda entgegnen, aber blieb dann doch stumm. Das stimmte nicht, sie kannte Uhsa! Nicht nur aus ihrem Traum! Irgendein Teil ihres Unterbewusstseins erkannte Uhsa als das, was sie wirklich war: der Feind der Wächterin!

»Was hast du mit mir vor?«, fragte Linda stattdessen, bemüht, ihre Stimme fest klingen zu lassen. Sie wollte diesem Wesen keine Gelegenheit geben, sich an ihrer Angst zu weiden.

»Möchtest du das gerne wissen?« Uhsas Stimme bekam einen bedrohlichen Unterton. Sie hob ihre rechte Hand und hielt sie so, dass Linda erkennen konnte, was sie dort umklammerte.

Linda wollte schreien, als sie denn Dolch sah, aber es wurde nur ein leises Aufstöhnen daraus. Die Klinge war fast dreißig Zentimeter lang. In das Metall waren Zeichen eingearbeitet, die Linda an die Runen erinnerte, die in den Zauberstein eingeschnitten war, den Marco in dem Säckchen unter ihrer Matratze gefunden hatte. Die Anordnung der Zeichen selbst schien schon bösartig zu sein. Uhsa bewegte den Dolch vor Lindas Gesicht hin und her. Die Klinge reflektierte das grünliche Licht, das in der Höhle herrschte.

»Viele Jahre haben die dunklen Herrscher auf ein Blutopfer gewartet. Sie sind ungeduldig. Ich spüre das. Aber sie werden nicht mehr lange warten müssen, denn noch heute Nacht wird auf diesem Altar ein Opfer dargebracht werden.« Uhsas Stimme war lauter geworden und klang erregt – sie hatte den Kopf nach hinten gelegt und ihre Augen blickten zur Decke. »Dann werde ich wieder frei sein. Frei und unsterblich! Als Dank für das Opfer werden mir die dunklen Mächte Kraft schenken und ich werde wieder herrschen! Das Tal wird erzittern unter Uhsas Herrschaft!«

Plötzlich verstummte sie. Etwas irritierte sie. Auch Linda glaubte, ein Geräusch gehört zu haben. Ein dumpfes Donnern oder Brummen ertönte in der Entfernung. War das ein Gewitter? Nein, die Klänge erinnerten eher an – lautes Motorengeräusch! Ein Hubschrauber? Linda schüttelte in Gedanken den Kopf. Das war nicht möglich. Aber der Motor eines Autos erzeugte niemals so einen Lärm. Und wo sollte jetzt auch ein Auto herkommen?

Doch Uhsa war weiterhin beunruhigt. Der triumphierende Ausdruck in ihrem Gesicht war einem besorgten Lauern gewichen. Sie richtete ihren Blick auf die Wand, die hinter Lindas Kopf war, sodass sie nicht sehen konnte, was sich dort befand.

»Wanderer in der Nacht! Träger des Amuletts«, sagte Uhsa und deutete mit dem Zeigefinger in die Richtung, in der sie blickte. »Sieh nach, was dort draußen vor sich geht!«

Eine Welle des wohlbekannten Gestanks drang durch den Raum, als sich jemand hinter Linda bewegte. Henning war also auch hier. Sie hörte schlurfende Schritte, die sich langsam entfernten. Dann war sie allein mit Uhsa, die unruhig im Raum auf und ab ging. Schließlich kam die Hexe auf Linda zu, warf ihr einen hasserfüllten Blick zu und zischte sie an: »Glaube nicht, dass irgendjemand dir helfen wird! Dass du mich damals überlistet hast, war nur Zufall! Noch einmal wirst du nicht so viel Glück haben, Gerlande!«

Linda fragte sich, warum Uhsa sie mit dem Namen ihrer Urahnin anredete und wollte schon widersprechen. Aber da spürte sie plötzlich etwas in Ihrem Bewusstsein, dass sich durch diesen Namen angesprochen fühlte. Und kurz darauf hörte sie eine leise Stimme in ihrem Kopf – oder war es nur Einbildung?

Fürchte dich nicht, dann werden wir auch diesmal siegen!

14. KAPITEL

Mühsam tastete sich Marco durch das Gestrüpp. Anfangs hatte er die Hand vor Augen nicht erkennen können, aber allmählich gewöhnte er sich an die Dunkelheit. Zusätzlich hatte sich die dicke Wolkendecke, die den Himmel bedeckt hatte, etwas aufgelöst und der abnehmende Mond verbreitete sein dürftiges Licht. Es reichte jedoch aus, um dem Wanderer wenigstens die Umrisse der Bäume und Sträucher zu zeigen.

Nach kurzer Zeit lichtete sich das Dickicht und Marco erreichte den Platz, in dessen Mitte die gespaltene Eiche stand. Er fröstelte – nicht nur wegen des kühlen Winds, der durch die Bäume strich.

Trotz seiner Unruhe verlangsamte er seine Schritte und blieb stehen. Kein Laut war zu hören – außer dem leichten Rascheln der trockenen Blätter, die noch an den Bäumen hingen. Keine Spur von Henning und Linda. Auch keine Hilferufe oder andere Geräusche einer Auseinandersetzung waren zu hören.

Er befürchtete, dass Linda sich bereits bei der Hexe befand. Also musste er möglichst schnell zur Höhle gelangen. Wie er der jungen Frau helfen konnte, war ihm im Augenblick nicht klar. Er wusste nur, dass er sie nicht ihrem Schicksal überlassen wollte.

Er ging nun langsam und vorsichtig. Auf keinen Fall wollte er seine Anwesenheit zu früh verraten. Bald hatte er die Lichtung überquert und vor ihm erhoben sich einige hohe, dunkle Bäume. Von hier aus waren es nur einige Meter bis zum Eingang der Opferhöhle.

Da hörte er hinter sich ein leises Rascheln. Er sah sich um. Selbst wenn jemand in seiner Nähe wäre, würde er ihn in der dunklen Nacht nicht erkennen können. Das Geräusch konnte er auch selbst verursacht haben. Doch ein seltsamer Geruch lag plötzlich in der Luft. Marco rümpfte unwillkürlich die Nase. Irgendwie kam ihm der süßliche Geruch bekannt vor.

Da erinnerte er sich! Denselben Gestank hatte er in Lindas Haus bemerkt. Henning war in der Nähe!

Aber es war schon zu spät! Eine schwere Gestalt warf sich aus der Dunkelheit auf ihn und eiskalte Finger umklammerten seinen Hals. Verzweifelt wand sich Marco in dem harten Griff. Immer noch vernahm er keinen Laut außer dem seines eigenen Keuchens. Der Angreifer blieb stumm. Stumm wie ein Toter! Marco stieß mit den Ellenbogen nach hinten und traf mehrere Male den anderen Körper – jedoch ohne Wirkung.

Unbarmherzig drückten die Hände seine Kehle zusammen. Doch dann gelang ihm eine überraschende Drehung des Körpers und indem er sich in der Bewegung nach vorne beugte und in die Knie ging, wuchtete er das schwere Gewicht des Gegners auf seinen Rücken. Er streckte die Beine wieder aus und verlagerte das Gewicht weiter nach vorne. Der Griff, den er im Kampfsporttraining hunderte Male geübt hatte, gelang. Der massige Körper rollte über Marcos Rücken und plumpste vor ihm auf den Waldboden.

Die Hände lösten sich von seinem Hals und Marco bekam wieder Luft. Gierig sog er sie ein – und hätte sich fast übergeben, als die unbeschreiblichen Ausdünstungen des Untoten in seine Nase drangen.

Stinker!, dachte Marco und wunderte sich über seine eigene Gehässigkeit. Doch Henning war noch lange nicht besiegt. Wie bei einer Marionette hob sich der Oberkörper, die Arme hingen dabei reglos an den Seiten. Dann knickten die Beine an den Knien in einem unmöglichen Winkel ab und mit einer absurden Bewegung, die Marco an die Gummimänner im Zirkus erinnerte, die ihren Körper in schier unfassbaren Stellungen zusammen- und auseinanderfalten konnten, kam der Untote wieder auf die Beine. Sofort steuerte er wieder auf seinen Gegner zu. Marco überlegte fieberhaft, wie er dieses Monstrum loswerden konnte. Es wäre kein Problem gewesen, zu entkommen. Aber Henning würde ihm folgen und es war nicht genügend Zeit, um Fangen zu spielen.

Jede Sekunde, die er im Kampf vertrödelte, konnte Lindas Ende bedeuten. Er dachte an die Aufzeichnungen, die er noch vor weniger als einer Stunde gelesen hatte. Es ist sehr schwierig, den Träger des Amuletts von seinem Los zu befreien!

Auf einmal war Marco klar, dass es nur einen Weg gab, Henning zu besiegen. Er musste ihm das Amulett abnehmen!

Mit einer schnellen Bewegung wich er einem erneuten Angriff aus. Es gelang ihm, in den Rücken des Monsters zu gelangen. Schwerfällig drehte sich der Untote, um den Gegner wieder ins Blickfeld zu bekommen. Aber Marco bewegte sich so, dass er immer den breiten Hals vor sich sah, um den ein schmales Lederband lag. Dieses Lederband musste er in seinen Besitz bringen!

Marco wusste, dass die Gefahr bestand, dass die Schwarze Uhsa durch die Kraft des Amuletts ihn in ihren Bann zwingen würde. Aber er hatte keine Wahl – wenn er Linda helfen wollte, musste er das Risiko eingehen. Weiter umkreiste er seinen Gegner. Es war ein grotesker Tanz, der da im Wald stattfand.

Doch dann schlug Marco zu! Mit einem großen Schritt trat er von hinten an den Untoten heran, ergriff mit beiden Händen je ein Stück des Lederbandes und mit einem Ruck zog er es über den Kopf nach oben. Henning wollte nach Marcos Arm fassen, aber die Bewegung brach urplötzlich ab, als das Amulett keinen Kontakt mehr mit der Haut hatte. Leblos sank der Körper zusammen, der erhobene Arm fiel kraftlos nach unten. Marco glaubte noch einen Laut von Hennings Lippen zu hören, der fast wie ein Seufzer der Erleichterung klang, dann war es still.

Geschafft, dachte Marco und stand eine Weile bewegungslos da. Das Lederband mit dem Steinanhänger baumelte in seiner rechten Hand. Marco hatte ihn eigentlich wegwerfen wollen, aber irgendetwas hinderte ihn daran. Er vergaß einfach, dass er das Amulett in der Hand trug.

Marco fühlte, wie ihm das Denken schwerfiel – einen kurzen Augenblick fragte er sich, was er um diese Zeit im Wald tat. Dann wusste er es wieder – Linda, sie war in Uhsas Gewalt, die Hexe würde sie töten, wenn es ihm nicht gelang sie zu retten. Seltsamerweise berührte ihn diese Tatsache nicht besonders, er wusste im Augenblick gar nicht, warum ihm Lindas Rettung so viel bedeuten sollte. Warum sollte er ihr helfen? Warum sollte er überhaupt jemandem helfen? War er etwa ein Diener? Nein, natürlich nicht. Oder doch? Aber nicht Lindas Diener, sondern ...

Marcos Gedanken verschwammen immer mehr. Sie begannen zu kreisen, sich selbständig zu machen, er hatte keine Kontrolle mehr darüber. Und so bemerkte er nicht, wie auch seine andere Hand das Lederband ergriff. Seine Arme hoben sich, schwebten über seinem Kopf. Einen Augenblick war der steinerne Anhänger direkt vor seinen Augen. Marco hätte das Zeichen, das auf dem Steinanhänger eingraviert war, erkannt, wenn er es angesehen hätte.

Auch dort befand sich eine Rune – *Far-Yr*, die Rune des Irrwegs, der falschen Energie!

Aber sein Blick war starr, schien nichts wahrzunehmen. Und langsam senkten sich die Hände wieder, wanderten neben seinem Kopf nach unten und legten ihm Uhsas Amulett um den Hals.

*

Linda konnte sich nicht bewegen. Ihre Beine waren in Höhe der Knöchel zusammengebunden. Ebenso die Hände, die hinter ihrem Rücken von einem weiteren Stück Seil zusammengehalten wurden. Da sie immer noch auf dem Steinaltar lag, konnte sie nur Teile der Höhle überblicken und sie sah nicht alles, was Uhsa tat, nachdem Henning die Höhle verlassen hatte.

Sie hörte die Hexe singen. Es war aber keine Melodie, die in ihre Ohren drang, sondern ein monotoner

Singsang, der ständig in der Lautstärke variierte. Die Töne schwollen an und wurden wieder leiser, bis sie kaum mehr zu vernehmen waren. Offenbar bereitete sich Uhsa auf das Ritual vor.

Dann tauchte ihre Gegnerin wieder in ihrem Blickfeld auf. Ihre Augen waren leer, der Mund halb geöffnet, aus dem fortwährend der beunruhigende Gesang drang. Es waren Worte in einer ihr unbekannten Sprache. Die Laute kamen tief aus der Kehle der Sängerin und erinnerten an einen arabischen Dialekt, die Vokale waren dumpf und die Konsonanten klangen wie ein Keuchen.

Ein beißender Rauch begann den Raum zu erfüllen. Linda bewegte den Kopf soweit sie konnte auf die Seite. An den Ecken des Steintisches waren Behälter aus grünspanigem Kupfer befestigt. Uhsa hatte glühende Holzkohlenstücke in ihnen verteilt und streute nun aus einem kleinen Beutel, der an ihrem Gürtel hing, trockene Pflanzen- und Wurzelteile auf die Glut. Der Rauch, der aus den Pfannen emporstieg, drang scharf in Lindas Nase und brannte in den Augen.

Sie fühlte, wie sich ein Nebel über ihr Bewusstsein legte. Ein seltsamer Vergleich drängte sich ihr auf. Sie erinnerte sich an die Blinddarmoperation, die sie als kleines Mädchen erlebt hatte. Auch dort hatte sie auf einem Tisch gelegen und aus der Narkosemaske auf ihrem Gesicht war betäubendes Gas in ihre Lungen geströmt. Damals hatte sie trotz ihrer Angst ruhig und zufrieden die Augen geschlossen. Es war wie ein süßer Schlaf gewesen, der langsam von ihrem Körper Besitz ergriff. Auch jetzt fühlte sie wie ihre Lider schwer wurden, sie verspürte keine Furcht mehr.

Du darfst nicht einschlafen! Bleib wach, sonst bist du verloren!, ertönte plötzlich eine Stimme in ihrem Kopf. Linda riss die Augen auf, sie war schon im Halbschlaf gewesen, und das Erste, was sie sah, war Uhsa. Sie hatte sich über Linda gebeugt und betrachtete mit einem zufriedenen Gesichtsausdruck ihr Opfer. Als sie sah, dass Linda sich gegen die Betäubung wehrte, waren ihre Züge überrascht und gleichzeitig zornig.

Linda versuchte nun mit allen Mitteln wach zubleiben. Sie begann an den Fesseln zu zerren, und als sie bemerkte, dass ihre Bewegungen schlaff und kraftlos waren, biss sie sich selbst energisch auf die Unterlippe und grub die Fingernägel in ihre Handflächen. Der Schmerz vertrieb die Betäubung. Es gelang ihr, den Körper etwas auf die Seite zu drehen. Sie zog die Füße an und streckte sie wieder. Ein lautes Scheppern erklang, als die Zehen die heiße Glutpfanne am rechten unteren Ende des Steintisches aus ihrer Halterung stießen und der Kupferbehälter am Boden aufprallte.

Uhsas Gesicht verzerrte sich zu einer wütenden Grimasse.

»Du wagst es, mir zu trotzen?«, zischte sie hasserfüllt. »Nun gut, ich habe andere Mittel, um dich ruhig zu stellen!«

Plötzlich hob sie lauschend den Kopf auf. Geräusche ertönten vom Eingang des unterirdischen Raums. Uhsa sah auf und ihre Miene nahm einen triumphierenden Ausdruck an.

»So bist du wieder hier, Amulettträger«, sprach sie. Linda drehte und wendete den Kopf, aber sie konnte den Eingang nicht sehen. Die Worte von Uhsa sagten ihr aber genug. Henning war wieder da! Wer oder was auch immer draußen vor der Höhle gewesen war – Henning hatte gesiegt. Insgeheim hatte Linda gehofft, dass Marco ihnen zur Höhle gefolgt war. Aber das war unwahrscheinlich. Er glaubte ja immer noch, so wie sie selbst bis vor wenigen Stunden, dass Henning keine Gefahr mehr für sie darstellte. Und selbst wenn es Marco gewesen war, der den Höllenspektakel im Wald verursacht hatte, dann hatte ihn Henning überrascht und überwältigt.

Linda war zum Weinen zumute. Ihr Mut begann zu sinken. Sie glaubte nicht mehr daran, dass es ihr gelingen würde, sich aus eigener Kraft aus Uhsas Fängen zu befreien. Doch da hellten sich ihre Züge auf, als sie erkannte, wer in die Opferhöhle getreten war. Sie hätte jubeln können, als sie die große, schlanke Gestalt, mit dem halblangen, nach hinten gekämmten Blondschopf sah.

Es war Marco! Nun war noch nicht alles verloren! Er war gekommen, um ihr zu helfen. Sie wollte ihn freudig begrüßen, aber dann kam nur ein leises »Marco!« über ihre Lippen. Der junge Mann war seltsam verändert. Die blauen Augen waren größer als sonst und sie waren nicht auf Linda gerichtet. Marco hatte nur Augen für die Schwarze Uhsa. Mit langsamen, gemessenen Schritten ging er auf die Hexe zu und beachtete Linda nicht.

Was war hier los? Zuerst hatte Linda geglaubt, dass sich Uhsa geirrt hatte, als sie den Eintretenden als Träger des Amuletts begrüßt hatte, aber jetzt sah sie, dass Marco tatsächlich ein Amulett um den Hals trug. Er beugte leicht den Kopf, als er Uhsa erreicht hatte und blieb stehen, so als würde er auf weitere Befehle warten.

»Marco! Was ist …«, flüsterte Linda und ihre Stimme erstarb.

Uhsa hatte den vermeintlichen Retter verzaubert. Linda wusste nicht genau, wie und wann das geschehen war, aber es musste mit dem Amulett zusammenhängen.

Da durchbrach ein lautes, hässliches Gelächter die Stille. Uhsa warf den Kopf nach hinten und lies ihrer Heiterkeit freien Lauf.

»Dein verblüfftes Gesicht bringt mich zum Lachen, Wächterin«, rief sie. »Ist das dein Freund? Hast du gehofft, er würde dir beistehen? Nun, du siehst, dass du dich getäuscht hast!« Sie lachte wieder laut. »Er gehört jetzt mir! Das Amulett wurde weitergegeben. Er wird mir dienen. Mir allein, verstehst du? Und er wird alles tun, was ich ihm befehle! Alles! Ist das nicht so, Träger des Amuletts?« Sie wandte sich an Marco, der immer noch in demütiger Haltung vor ihr stand. Er tastete nach dem Amulett auf seiner Brust, hob den Kopf und blickte die Hexe an.

»Ich bin dein Diener! Ich werde dir gehorchen«, sagte er mit schleppender Stimme. Die Hexe nickte zufrieden.

Linda beobachtete entsetzt, was vor ihr geschah. Immer noch schien Marco sie gar nicht zu bemerken. Aber ihr Schrecken wurde noch größer, als sie hörte, was Uhsa nun dem jungen Mann befahl.

»Höre, Amulettträger! Du wirst das Opfer vollziehen!« Sie hob den Dolch, der im Schein der Fackeln aufleuchtete. »Mit diesem Messer wirst du die Adern des Opfers öffnen, sodass das Blut aus dem Leib ströme – den dunklen Herrschern zur Ehre!« Willenlos streckte Marco die Hand aus und ergriff den Dolch.

»Dies ist eine große Stunde«, fuhr Uhsa fort. »Nach vielen Jahren des Hungers wird der steinerne Altar wieder mit Blut genährt werden. Doch das ist nur der Anfang – nach diesem Opfer werde ich, Uhsa, wieder in den Besitz meiner Macht kommen, und ich verspreche den dunklen Herrschern hiermit, dass sie nicht mehr auf das Blutopfer verzichten werden müssen, solange ich hier weile. Und das wird eine lange Zeit sein, denn der Stirnreif verleiht mir ewiges Leben.«

Starr verfolgte Linda die Szene. Sollte so ihr Leben enden? Kläglich, überrumpelt von der bösen Macht einer irrsinnigen Hexe? War das der Tod, der einer Wächterin gebührte?

Kraftvoll dröhnte Uhsas Stimme durch den Höhlensaal: »Wohlan, Träger des Amuletts, führe nun das Opfer durch! Hier und dort wirst du die Schnitte ansetzen …« Sie öffnete ein tönernes Tiegelchen und bestrich Lindas Körper an verschiedenen Stellen mit einer schwarzen, stinkenden Salbe.

Linda hatte jede Gegenwehr aufgegeben. Sie wünschte sich, sie hätte sich nicht gegen die betäubenden Dämpfe gewehrt, dann hätte sie diesen Alptraum wenigstens nicht wach miterleben müssen.

Sie sah, wie Marco sich mit dem Dolch in der Hand näherte. Seine Augen blickten teilnahmslos zu ihr herab. Kein Schimmer oder Aufblitzen des Erkennens war in ihnen zu sehen. Linda wollte schreien, aber die Todesangst schnürte ihr die Kehle zu. Sie schloss die Augen.

Halte aus, Linda! Ich bin bei dir! Und ich habe die Macht dir zu helfen, ertönte da wieder die Stimme in ihrem Kopf. Und plötzlich wusste Linda, wer diese Worte gesprochen hatte!

15. KAPITEL

Marco nahm das Geschehen um ihn nur noch wie in einem Traum war. Sein Kopf war von Schwindel erfüllt. Gleichzeitig verspürte er ein Dröhnen, das alle Gedanken überlagerte. Er fühlte zwar, dass er unter Zwang stand, konnte sich aber nicht wehren.

Und er wollte es auch nicht. Eine unnatürliche Gleichgültigkeit hatte sich seines Geists bemächtigt. Er würde die Befehle, die in seinem Gehirn auftauchten, ausführen. Das musste so sein! Er war schließlich nur ein Diener!

Er fühlte keinerlei Widerwillen, als er den langen Dolch aus der Hand der Hexe entgegennahm. Die schwarzen Augen brannten in seinem Gehirn, er sah kaum etwas anderes. Dann kam der Befehl! Eine Frau sollte geopfert werden. Die Wächterin! Sie war eine Bedrohung für die Macht der Hexe.

Langsam bewegte sich Marco auf den Opferstein zu, auf dem die blonde Frau lag. Er betrachtete sie, aber kein Erkennen glomm in seinem benebelten Geist auf. Zwar tauchte irgendwo in seinem Innern der Gedanke auf, dass er die Frau erkennen würde, wenn er es nur wollte. Aber dieser Gedanke kam nicht an die Oberfläche seines Bewusstseins. Er versank in dem Dröhnen, das in seinem Kopf herrschte, wie ein Stein, den man in einen trüben Tümpel geworfen hatte.

Die Schwarze Uhsa hatte die Stellen, an denen Marco die tödlichen Schnitte durchführen sollte, markiert. An Armen, Beinen und am Hals sollten die Adern des Opfers geöffnet werden, damit das ausströmende Blut den dunklen Mächten Kraft verleihen solle.

Unter dem kreiselnden Schwindel, der in seinem Kopf herrschte, fühlte Marco auf einmal eine weitere Kraft. Sie war stärker als die Macht der Hexe. Und sie verbreitete lauernde Bösartigkeit und gierige Vorfreude auf das Opfer.

Dann erreichte Marco den Altarstein und hob das Messer. Bald würde das Leben des Opfers beendet sein. In den Tiefen seines Bewusstseins wollten Gedanken an die Oberfläche dringen, aber sie wurden zurückgedrängt. Marco verspürte keinerlei Gefühle, als er den vor ihm liegenden Körper betrachtete. Die Augen der Frau waren geschlossen und sie atmete tief und gleichmäßig. Seine Augen verweilten starr auf dem Gesicht der Frau.

Da öffnete Linda die Augen! Blau und strahlend drang ihr Blick in Marcos Kopf. Eine Kraft ging von diesem Blick aus, die das Dröhnen in seinem Kopf verstummen ließ und der Schwindel in seinem Kopf legte sich. War sein Bewusstsein bis zu diesem Augenblick wie ein trüber, schlammiger Tümpel gewesen, so verwandelte es sich jetzt in einen klaren Bergsee, auf dessen Grund man jeden Kiesel erkennen konnte.

Damit war der Einfluss des Amuletts gebrochen! Plötzlich erkannte Marco, was er hier tat und blitzschnell erfasste er die Situation.

Er war kurz davor gewesen, Linda zu töten. Der Schreck durchzuckte ihn und machte ihn für die Dauer eines Wimpernschlags bewegungsunfähig. Doch dann wurde ihm bewusst, dass er schnell handeln musste.

Uhsa hatte anscheinend noch nicht bemerkt, dass die Wirkung des Zaubersteins auf Marcos Brust für kurze Zeit aufgehoben war. Er hoffte, dass diese Unwissenheit noch etwas länger anhalten würde, denn dann konnte er Linda vielleicht befreien. Er hob das Messer, das einen kurzen Augenblick nach unten gesunken war, wieder. Unauffällig führte er es zu seinem Oberkörper und schob die Klinge unter das Lederband, das um seinen Hals lag. Dann drückte er mit einer ruckartigen Bewegung den Dolch nach vorne.

Das Lederband spannte sich, dann war es entzwei und glitt von Marcos Hals zu Boden.

Und mit ihm der Runenstein!

Hatte sich Marco bis jetzt langsam und unauffällig bewegt, so handelte er jetzt blitzschnell. Mit einem schnellen Schnitt durchtrennte er die Stricke, die Lindas Beine zusammenhielten. Ein zweiter Schnitt befreite die junge Frau von ihren Handfesseln.

In diesem Augenblick ertönte ein lautes, wütendes Geheul.

*

Uhsa, die in die Anrufung der dunklen Götter vertieft gewesen war, bemerkte die Veränderung ihrer Umgebung zu spät. Mit erhobenen Händen und geschlossenen

Augen stand sie da, um den Kontakt zu den bösen Mächten besonders intensiv werden zu lassen. Sie kontrollierte den Träger des Amuletts nicht mehr direkt, die Rune auf dem Zauberstein würde dafür sorgen, dass ihr Diener auch weiterhin den Befehlen gehorchte. Sie hatte sich für einen Moment aus ihrer Trance gelöst, um zu sehen, wie weit das Opferritual fortgeschritten war.

Im ersten Augenblick war sie lediglich verblüfft, als sie sah, dass sich das Opfer auf dem Stein aufsetzte, und der Träger des Amuletts ihr die Handfesseln mit dem Dolch durchtrennte. Doch dann ergriff sie eine unbeschreibliche Wut und sie brüllte ihren Zorn hinaus.

»Ihr wagt es, mich zu hintergehen«, kreischte sie mit sich überschlagender Stimme. »Warum gehorchst du mir nicht, Träger des Amuletts?« Doch da sah sie, dass das Lederband um Marcos Hals verschwunden war! Wie konnte das geschehen sein? Noch nie hatte es jemand geschafft, sich der Kraft der Rune zu widersetzen! Die Hexe fühlte, wie sie ein Anflug von Unsicherheit überkam. Doch schnell hatte sie sich wieder gefasst.

»Nun gut, so werdet ihr beide sterben«, rief sie und nestelte an ihrem Gürtel. »Meine Schlangen werden euch töten! Die Götter werden euer Leben bekommen! So oder so! Ihr könnt lediglich euren Tod hinauszuzögern!«

Uhsa war im Begriff, ihren Gürtel zu lösen und auf den Boden fallen zu lassen. Wenn der Gürtel die Erde berührte, würde er sich in zwei Schlangen verwandeln, deren Biss tödlich war. Marco war zwar schon einmal den Schlangen entkommen, aber ein zweites Mal würde ihm das nicht so leicht gelingen.

Doch auch diesmal wurden ihre Pläne durchkreuzt!

»Halt ein, Uhsa«, ertönte eine klare, helle Stimme, die so bestimmt klang, dass die Hexe unwillkürlich in der Bewegung innehielt und aufblickte.

Vor ihr stand hoch aufgerichtet die *Wächterin*, nur bekleidet mit einem weißen Nachthemd, und ihre strahlenden Augen waren auf die Hexe gerichtet. Dem Einfluss dieses Blicks konnte sich Uhsa nicht entziehen. Wieder ertönte die Stimme: »Halt ein! Ich will mit dir reden, Ursula!« Die Hexe zuckte bei der Nennung dieses Namens zusammen. »Oder ist dir Schwarze Uhsa lieber, der Name, den dir die bösen Mächte gegeben haben? Erinnere dich, Ursula, du bist nicht immer Uhsa gewesen. Denn einst waren wir Freundinnen!«

Die Hexe stand wie erstarrt da, sie hatte die Hände abwehrend erhoben. Ihre Finger zitterten.

»Gerlande«, flüsterte sie. Dann erinnerte sie sich, während sie in die klaren Augen ihres Gegenübers blickte.

*

Eine kleine Hütte im Wiesengrund! Gerlande und Ursula saßen zu Füßen der weisen Elfred. Sie waren beide noch junge Mädchen. Elfred erzählte von den geheimen Künsten, die die weisen Frauen einst beherrschten. Gebannt lauschten die beiden Mädchen den Worten der alten, ergrauten Frau. Ursula bemerkte auch an diesem Tag, dass Gerlande die Lieblingsschülerin der alten Elfred war. Neid und Eifersucht nagten an ihrem Herzen. Und sie fasste in diesem Augenblick einen Entschluss. Wenn sie Gerlande schon nicht in der Gunst der weisen Lehrerin überflügeln konnte, so würde sie es auf dem Gebiet der geheimen und magischen Künste tun.

»Du konntest dich damals von den niederen Gefühlen, die dich beherrschten, nicht befreien«, erklang die Stimme von Gerlande aus Lindas Mund. »Doch gerade diese Tugend ist der erste Schritt auf dem Weg zum wahren Wissen. Du hast einen falschen Weg gewählt. Indem du dich dem Bösen verschrieben hast, hast du zwar Macht bekommen, dir aber gleichzeitig für immer den Weg zur wahren Seligkeit versperrt.« Die Stimme klang streng, aber nicht bösartig. Mit weit aufgerissenen Augen sah Uhsa die junge Frau an. War dies die Stimme der alten Elfred gewesen, die sie soeben vernommen hatte, oder war es die von Gerlande?

»Elfred hat mich nie dir vorgezogen, Ursula. Sie schenkte uns beiden ihre Zuneigung zu gleichen Teilen! Doch du hast das in deiner Blindheit nicht wahrgenommen!

Als du dann den magischen Stirnreif fandest und dich in die Schwarze Uhsa, die unsterbliche Mondhexe, verwandeltest, konnten wir dir nicht mehr helfen. Wir konnten dich damals nicht besiegen und auch heute können wir es nicht, denn die Macht des Stirnreifs ist unbeschreiblich. Wir konnten dich nur bannen! Und jetzt, da du zurückgekehrt bist, bin auch ich wieder gekommen!

Und ich habe dir ein Geschenk mitgebracht, wie du sicherlich bemerkt hast. Das Geschenk der Erinnerung! Die Erinnerung an dein Leben als Ursula, die Schülerin der weisen Priesterin Elfred.«

Eine Veränderung ging in Uhsa vor. Das Wissen, das ihr durch Linda gebracht wurde, war für sie wie die Entdeckung eines lange verschütteten Schatzes. Ihr wurde bewusst, dass sie tatsächlich seit dem Augenblick, an dem sie den Bronzereif in der Höhle gefunden und über ihre Stirn gelegt hatte, jede Erinnerung an ihr vorheriges Leben verloren hatte. Nur Gier und der Hunger nach Macht hatte sie erfüllt, und Bösartigkeit, die von Neid und der Eifersucht, die ihr Herz erfüllte, genährt wurde.

»Du hast jetzt die Möglichkeit, dich zurückzuverwandeln, Ursula«, ertönte wieder Gerlandes Stimme. »Ich kann für eine kurze Dauer die Kräfte des Bösen zurückhalten, sodass sie dich nicht in deiner Entscheidung beeinflussen können. Ich fordere dich auf, nein ...«, die Stimme wurde sanfter und etwas wie Traurigkeit war darin zu hören, »ich bitte dich, nimm den Stirnreif ab!«

Uhsa stand unbeweglich da. In diesem Augenblick war sie nicht mehr die Mondhexe, war sie nur noch Ursula, das junge Mädchen, das in seiner seelischen Blindheit einen furchtbaren Fehler gemacht hatte.

»Ich werde sterben«, flüsterte sie mit angsterfüllter Stimme.

»Ja, das wirst du«, sagte Gerlande leise. »Aber auch ich bin schon lange tot!«

*

Marco beobachtete das Geschehen mit geradezu andächtiger Faszination. Auch er fühlte die Kraft, die plötzlich von der Person Lindas ausging. Und er war sich unsicher. War das noch die junge Lehrerin, die da vor ihm stand und mit einer fremden Stimme sprach? – Und wenn ja, was war mit ihr geschehen? War sie eine Art Medium, oder waren sie einfach alle verrückt geworden?

Sie war die Wächterin, klärte er sich dann selbst auf. Sie würde das Tal bewachen! Marco hatte sich nur nie vorstellen können, auf welch außergewöhnliche Art und Weise dies geschehen würde.

Auch Uhsa war eine Andere geworden. Die vor wenigen Minuten noch mächtige und furchteinflößende Hexe war sichtlich in sich zusammengesunken. Das dunkle Gewand, das sie trug, schien plötzlich nicht die richtige Kleidung für die Frau zu sein. Auch der Stirnreif wirkte unpassend. Uhsa sah in diesem Moment aus, als hätte sie sich nur als böse Zauberin verkleidet.

Dafür wirkte Linda umso größer und mächtiger. In dem weißen Nachthemd, das ihren hoch aufgerichteten Körper umhüllte, sah sie fast wie ein Engel aus. Und Marco lauschte gebannt ihren Worten. Diesen Teil der Geschichte Uhsas hatte auch Lindas Großmutter nicht gekannt, denn mit keinem Wort war in dem Tagebuch Uhsas Verwandlung oder Jugend erwähnt. Als schließlich Linda – oder Gerlande? – die Frau aufforderte, den Stirnreif abzunehmen, atmete Marco unwillkürlich heftiger. Würde sich Uhsa tatsächlich selbst richten? Welcher Mensch würde das tun?

Er beobachtete Uhsa. Die Frau schien einen inneren Kampf auszufechten. Noch hatte sie sich nicht bewegt, doch dann sagte sie noch einmal: »Ich werde sterben«, und dabei klang ihre Stimme nicht mehr unsicher wie beim ersten Mal, sondern fest und entschlossen. Ihre Hände wanderten zur Stirn und noch einmal blickte sie Linda in die Augen.

»Ich danke dir, meine Freundin«, sagte Ursula, denn kein Anzeichen deutete darauf hin, dass noch irgendein Teil von Uhsa in ihr steckte.

»Auf Wiedersehen, Schwester«, sagte Linda und schwankte leicht. »Du musst dich beeilen, ich kann nicht mehr lange bleiben.« Und als Ursula den Stirnreif abnahm, sank auch Lindas Körper wie leblos zusammen.

Doch Marco konnte den Blick nicht von der ehemaligen Hexe wenden. Der Körper der Frau alterte in Sekunden um viele Jahre. Uhsa schrumpfte zusammen, ihre noch vor kurzem glatte Haut wurde faltig und ihr Rücken krümmte sich unter der Last der Jahrhunderte.

Schließlich fiel sie auf die Erde. Keine zwei Meter von Linda entfernt zerfiel ihr lebloser Körper vor Marcos Augen zu Staub.

Und dann brach die Hölle los!

Ein heftiges Beben erschütterte den Boden und die Wände der Höhle. Erschrocken löste sich Marco aus seiner Erstarrung. Schon fielen kleine Steine von der Decke der Höhle zu Boden.

»Du musst sie retten!«, erklang eine feine, kaum hörbare Stimme. Marco wusste nicht, ob sie nur in seinem Kopf erklungen war. Aber er sah Linda vor sich liegen, die sich immer noch nicht bewegte – und das Beben wurde immer stärker. Plötzlich war er sich sicher, dass sie beide in der einstürzenden Höhle lebendig begraben werden würden, wenn es ihm nicht schnellstens gelang, sich und Linda ins Freie zu schaffen. Schnell hob er die junge Frau hoch und sah sich nach dem Ausgang um. In dem flackernden Licht der Fackeln, die nun nacheinander erloschen, konnte er den Durchgang erkennen, der nach oben und nach draußen führte. Wieder erschütterte ein Stoß das Felsengewölbe. Aber Marco war schon in dem schmalen Gang, durch den man in den vorderen Teil der Höhle gelangte.

Schwer atmend erreichte er den Ausgang. Hinter ihm brach mit lautem Getöse ein Teil der Decke herunter.

Eine Sekunde später, und sie wären beide von den herabfallenden Gesteinsmassen erschlagen worden.

Erstaunt bemerkte Marco, dass schon der Morgen graute. Er hatte gar nicht wahrgenommen, wie viel Zeit er im Erdinneren verbracht hatte. In sicherer Entfernung legte er Linda auf den vom Tau feuchten Waldboden und atmete einige Male kräftig durch. Das Beben hatte aufgehört, aber von der ehemaligen Opferhöhle war nichts mehr zu sehen. Der Eingang war verschüttet. Der Wind wehte einige letzte Staubwolken auf.

Die Wächterin hatte ihre Aufgabe erfüllt.

EPILOG

Vier Wochen später. Der erste Schnee war gefallen. Über die Wälder um Gramstein hatte sich eine weiße Decke gelegt. Nach den Schneefällen war die Sonne wieder herausgekommen und brachte die weiße Landschaft zum Leuchten.

In der Finstermail lag der Schnee besonders hoch. Dort stapften ein Mann und eine Frau durch den Schnee.

Linda sah sich um. »War hier nicht die Lichtung mit der Eiche?«, fragte sie erstaunt. Die Überreste der Eiche, unter der Uhsa gelegen hatte, waren kaum noch zu erkennen, überall wuchsen Gräser und Stauden.

»Ja.« Marco nickte. »Trotz der späten Jahreszeit ist hier innerhalb kürzester Zeit alles zugewachsen. Lass uns weitergehen, dort vorn war Uhsas Höhle.«

»Ich war seitdem nicht mehr hier«, sagte Linda und hakte sich bei Marco unter.

»Die Höhle existiert nicht mehr«, sagte Marco und legte den Arm um sie. »Dort sind jetzt nur noch Felsen und Geröll.«

Jetzt standen sie vor den Überresten der Höhle. Linda schauderte leicht. Dann sagte sie: »Irgendwo unter diesem Geröll liegen Uhsas Stirnreif und das magische Amulett. Können wir sicher sein, dass sie nie mehr ans Tageslicht gelangen?«

»Ich vermute, dass die Gegenstände bei dem Einsturz der Höhle zerstört wurden«, sagte Marco. »Wenn nicht, dann können wir nur hoffen, dass sie niemals wieder jemand in Besitz nehmen kann.«

ENDE